Roger Pereira

I0668154

La femme idolâtre

Éditions Dédicaces

LA FEMME IDOLÂTRE, par ROGER PEREIRA

ÉDITIONS DÉDICACES LLC

www.dedicaces.ca | www.dedicaces.info
Courriel : info@dedicaces.ca

Roger Pereira

La femme idolâtre

Le rêve féconde le réel et
le réel sans le rêve nous déçoit.

I

Un jour de mai, je me le rappelle comme si c'était hier, ma grand-mère Agathe m'avait dit : « De ma pauvre vie il ne reste que moi-même ». J'étais à l'époque trop jeune pour comprendre, mais je soupçonnais derrière cette phrase tout ce que son état couvait de dépit et de souffrance. Le soir venu, sur notre véranda faiblement éclairée, nous étions assises côte à côte, comme pour nous imprégner du silence des ténèbres avant que le sommeil nous prenne. Tout d'un coup, comme si elle s'arrachait à une longue méditation, me saisissant la main et se rapprochant de moi, elle murmura sur un ton à peine audible : « Un jour viendra où tu seras pleinement heureuse ! ».

L'avait-elle dit en pensant à ce temps devenu trop vieux pour elle dans le but de me tenir à l'abri des malheurs dont sa vie avait été bouleversée ? Désirait-elle, au contraire, me léguer ce testament du cœur écrit de sa vie tout exprès pour moi, testament qui m'assurait de sa présence le temps de sa propre existence ? Avait-elle acquis, depuis fort longtemps, le don de démêler l'avenir, d'annoncer aux autres ce qui les attendait et ce qu'ils deviendraient ? L'exerçait-elle uniquement pour moi dont elle avait jusqu'ici guidé les pas ?

À une autre époque, on l'aurait accusée de vieille sorcière, peut-être même condamnée au bûcher. Pour moi, elle n'était que ma grand-mère qui me tenait à la fois lieu de père et de mère. Un être cher dont les sentiments les plus intenses s'apprêtaient dans un geste oblatif, comme pour un oiseau qu'on libère, à me livrer au monde qui deviendrait tôt ou tard le mien et dont j'ignorais les embûches, les intrigues et tout autant les étonnements. Je l'aimais si fort que, quand bien même elle mourrait demain, mon amour à lui seul suffirait — du moins, je le pensais — à la faire revivre et de nouveau exister.

Le lien qui m'unissait à elle préfigurait celui qui me rattacherait à jamais au reste du monde. Je l'aimais, non seulement parce qu'elle prenait soin de moi et qu'elle me protégeait, mais plus encore parce que je me voyais en elle et qu'elle se voyait en moi ; une complicité hors du commun que rien ne déferait. Elle était devenue d'autant plus ma mère que la vie m'avait privée, dès mon premier cri, de celle qui me l'avait donnée. Quant à mon père, il avait disparu très peu de temps après ma naissance. On m'avait alors confiée aux soins de ma grand-mère qui, au plus fort de son chagrin et de sa déception, s'était juré de tout mettre en œuvre pour m'éviter de ne connaître que le malheur.

Un jour, m'avait-elle dit, tu seras heureuse…

Dès que je fus en âge d'aller à l'école, le vide dont je souffrais me distinguait de mes autres camarades de classe. Elles avaient un père ou une mère qui les conduisaient à l'école le matin et venaient les chercher à la sortie des classes. Moi, je n'avais que ma grand-mère. Quand, pour une raison majeure, elle ne pouvait m'accompagner, elle demandait à des voisins de bien vouloir la remplacer. Ce vide parental — cette absence de repères affectifs — assombrissait ma vie de tous les jours et me rendait quelque peu jalouse des enfants de mon école, mais aussi de ceux du voisinage. Quand ils s'informaient de ma mère, c'était facile de leur répondre qu'elle était morte en me mettant au monde. Je recueillais alors mille marques de leur sympathie et de leur affection ; cela allégeait ma peine de n'avoir point éprouvé l'étreinte première d'une mère, cette chaleur rassurante hors de l'utérus maternel. Cette privation des tout premiers instants de mon existence n'enlevait pourtant rien au lien profond qui m'attachait à ma grand-mère, mais, quand elle me serrait dans ses bras, je ressentais confusément, sans en comprendre toute la portée, que grand-mère n'était que la mère de ma mère. Ses gestes à mon égard ne pouvaient remplacer ceux de ma mère, et moins encore cette expérience initiale que vivent les autres enfants qui, dans les minutes suivant l'enfantement, sont placés contre le ventre chaud de celle qui les a mis au jour ; expérience native, hors de l'utérus, en tout point animale tenant lieu de langage — celui de la mère à l'enfant et de l'enfant à la mère. Ce premier langage imprégné de chaleur m'était brutalement ôté : le cordon ombilical coupé, il n'était guère plus question que l'on me déposât contre le ventre froid de ma mère. Une fois en état de penser et de raisonner par moi-même, je compris que rien ne pourrait jamais combler cette vacuité où ma naissance mêlée au décès de celle qui m'avait portée m'avait plongée. Une solitude bien lourde à assumer et qui n'avait d'autre fréquentation que l'absence de celle que j'aurais tellement voulu aimer.

Si je ne pouvais tenir rigueur à ma mère d'être morte alors qu'elle me donnait la vie, il en était autrement de la désertion d'un père que ni moi ni mes camarades de classe n'avions jamais vu. Il s'était défait de la responsabilité de s'occuper de moi à ce moment de ma prime enfance où j'en avais le plus besoin, ajoutant de son vivant au décès de ma mère une mort encore plus cruelle que la première. Entre ces deux vacuités, en dépit des sollicitudes dont ma grand-mère m'entourait, je m'estimais condamnée à m'inventer un avenir à partir de mes faibles ressources et à rédiger sur les pages blanches de mes pensées et de mes appréhensions le scénario de moi-même.

Si dans la cour d'école des élèves, par curiosité, mais aussi par méchanceté, me demandaient des nouvelles de mon père, je faisais mine de ne pas les entendre et je m'empressais de rejoindre une autre élève que quelquefois je connaissais à peine, pourvu qu'elle se trouvât bien loin de celles dont les questions m'importunaient. Ces stratagèmes d'évitement m'avaient dotée d'une expérience bien pesante pour mon âge. De guerre lasse, j'inventais à mon père des professions qui le retenaient longtemps à l'étranger.

Le résultat de telles dérobades et la spontanéité avec laquelle je m'en acquittais avaient curieusement eu pour effet que, prise à mon propre jeu, j'arrivais à me convaincre que c'était vrai. Ce que je racontais aux autres répondait à ce que, pour apaiser mon chagrin, j'enfouissais au plus creux de moi-même. Cette blessure dont je cachais aux autres la gravité me donnait le sentiment plus que déplaisant d'être en exil de moi-même. Contrairement à mes camarades de classe et aux autres enfants du quartier, je n'appartenais pas à une famille pleine de tantes et d'oncles, de cousins et de cousines à qui l'on pouvait parler ou se confier, avec qui l'on pouvait rire et se réjouir d'être en vie. Entre ma grand-mère et moi existaient cette carence familiale, cette consanguinité complice — un gouffre tenu secret, délibérément inexpliqué du côté de ma grand-mère, et inexplicable du mien, et que je n'arrivais pas à combler.

La privation de mon père me peinait à ce point que bien souvent elle supplantait le besoin que je sentais de ma mère et dont j'étais endeuillée. Je me convainquais qu'il se trouvait bien quelque part, qu'il reviendrait un jour et que lui aussi avait besoin de moi. Quand je m'enquérais à son sujet auprès de ma grand-mère, elle trouvait le moyen de m'en distraire : elle m'envoyait voir si notre chaton traînait encore dehors, me questionnait sur ce que j'avais appris en classe, consultait mon cahier de dessins, me demandait ce que voulaient dire les nouveaux mots appris dans le cours de français, me contait ce qu'était l'école quand elle avait mon âge ; bien d'autres choses encore…

Je n'arrivais pas à saisir les raisons qui l'incitaient à me cacher à ce point la vérité et j'en étais fort chagrinée. Elle en était consciente et, dans le but d'atténuer ma peine, elle avait jugé bon de placer sur ma table de chevet une photo de ma mère quand elle avait à peu près mon âge. J'en étais plus que ravie et m'appliquais à déceler dans ses traits en quoi je lui ressemblais. Depuis lors, je me regardais fréquemment dans le miroir tout en tenant d'une main sa photo. Je m'estimais comblée de constater qu'elle n'occupait pas seulement mon âme, mais qu'elle vivait aussi dans l'expression de mon regard, dans la configuration de mon visage, dans les aspects principaux de mes traits. Je la remerciais de m'avoir légué autant d'elle-même. Je lui jurais de prendre soin de moi comme s'il s'agissait d'elle ; une façon comme une autre de lui redonner vie.

J'attribuais à mon père, sans en avoir la moindre preuve, ce qui en moi ne lui ressemblait pas.

Cette relation nouvelle avec ma mère me protégeait de la tutelle exclusive de ma grand-mère.

— As-tu déjà pensé à ton avenir ? Quel métier voudrais-tu un jour exercer ? m'avait-elle demandé... Enseignante, médecin, avocate ?

Je n'en savais trop rien et n'avais d'ailleurs aucune envie de lui répondre.

Elle s'était donné quelques fractions de seconde avant de me relancer de plus belle. Quand je te pose une question, pourquoi ne me réponds-tu pas ?

— Je suis encore trop jeune, pour penser à mon avenir, avais-je fini par lui dire après un moment d'hésitation. L'avenir, c'est trop compliqué... Pour l'instant, je voudrais être simplement heureuse et connaître un jour mon père. Je voudrais savoir...

— Quoi ?

— Ce que tu tardes à me dire.

Je sentais, à lui parler de la sorte, que je l'avais peinée et contrariée. Elle n'avait pas tardé à me le faire savoir.

— Petite effrontée, en voilà une façon ! Ce n'est pas à toi de m'imposer ni ce que je dois faire ni ce que je dois dire ! Si je me tais, c'est que j'en ai bien des raisons ! Sais-tu seulement ce qu'aujourd'hui tu serais si je n'étais pas là pour m'occuper de toi ? Je ne veux même pas y penser ! avait-elle ajouté, d'un air entendu. Mets-toi bien cela en tête : tu as encore besoin de moi ! Devines-tu un instant ce dont je souffre pour m'accabler de tes questions ? Attends que tu sois plus grande. Pour le moment, c'est à moi de diriger tes pas.

Elle avait affecté, en le disant, une attitude quelque peu théâtrale ; celle d'une femme d'expérience, victime d'un passé presque trop lourd ; la tête en arrière, les yeux révulsés — comme si elle cherchait à m'éviter, à se taire, une catastrophe qu'il me serait difficile de supporter.

J'éprouvais une profonde déception de ne pouvoir lui arracher le moindre mot au sujet de mon père. Pour sortir de ma frustration, j'étais pourtant disposée à tout entendre le concernant, le bon comme le mauvais, pourvu qu'on me parlât de lui. La pire désolation était plutôt de ne rien connaître de celui à qui je devais une part de moi-même.

Elle ne me disait pas qu'il était mort, sans doute parce qu'elle le savait vivant. Je soupçonnais chez elle cette volonté arrêtée de le rayer à jamais de sa mémoire, cette façon obscure et inavouée qu'on a de tuer du vivant de quelqu'un, et que l'on cache aux enfants.

Quand je me trouvais seule dans la maison et qu'elle conversait dans le jardin avec ses rosiers ou qu'elle enlevait de mauvaises herbes au beau milieu de son carré de légumes, j'en profitais pour fouiller un peu partout, dans les tiroirs de sa chambre, mais aussi ailleurs dans la maison, dans l'espoir de mettre la main sur une photo d'un homme qui eût pu être mon père. Je réclamais mon passé, telle une fleur inquiète de sa sève.

Les rideaux croisés de sa fenêtre donnaient à sa chambre un aspect lugubre, presque funéraire. J'imaginais que les draps de son lit, quand elle s'y glissait le soir, étaient ce linceul où les morts eux-mêmes s'effaçaient et où l'austérité se faisait complice d'un silence qui n'arrivait pas à se dire. Cette atmosphère funèbre à laquelle, à force de fréquenter sa chambre, je m'étais habituée, avait fini par occuper une part de mes rêves. Dans la noirceur de mes nuits, me détachant de la réalité présente et comme dans un état second que de tous mes vœux j'aurais souhaité, il m'arrivait plus d'une fois de me convaincre que mon père avait choisi de rejoindre dans la mort l'ombre de ma mère. J'en étais accablée certes, mais, en dépit de mon extrême désarroi, je voyais dans son geste la preuve d'un amour passionnel auquel je conférais, comme dans les contes de fées, une valeur sacrificielle. Cela me libérait, l'espace de ces quelques nuits, de cette attente jusque-là sans réponse, quitte après, une fois mes rêves effacés, de retrouver mon cruel délaissement.

Je me heurtais ensuite, et chaque jour après, au perpétuel entêtement de ma grand-mère — celui de ne rien dire au détriment de mon âme. Je ne supportais surtout pas ce verdict maintes fois prononcé et ayant l'effet d'un couperet : *« Il y a des choses que l'on dit et d'autres qu'on ne dit pas aux enfants !* » Sa mémoire, fermée à double tour, lui servait de coffre-fort. Elle devenait ma prison.

Condamnée à me plier au délai et aux incertitudes du temps, je le sommais de se hâter, de me délivrer de mon enfance. Je faisais du temps un personnage — sans visage et plus fort que moi — contre lequel j'étais vouée à me battre. Je lui imposais parfois, un peu pour le caricaturer et comme pour lui faire son procès, la forme d'une jarre pansue remplie de tous les problèmes du monde : ces vérités qui font mal et qui ne sont pas bonnes à dire, mais aussi les traîtrises et les mensonges des adultes. Ce temps-mémoire étouffait mon existence présente. Ma grand-mère me ressassait que je devais me contenter de vivre un jour après l'autre — sa façon bien à elle de me souhaiter des lendemains heureux.

Je comprenais que seul le refuge dans l'intemporel, cette éradication du temps, pouvait me préserver des énigmes qu'il renfermait. Je n'avais d'autre choix que de m'enfoncer dans le rêve, cet espace intérieur de l'imaginaire, dans le seul but d'exister en attendant d'être grande. Tous les soirs, je m'inventais un autre monde. Je devenais qui je voulais, me fabriquant un être à ma convenance. Je saisissais pourquoi les enfants de mon âge raffolaient des contes de fées et de sorcières. Ils leur ouvraient un monde que les adultes, trop occupés aux histoires sérieuses, avaient depuis longtemps délaissé. En attendant d'être adulte, je fréquentais des pays inconnus peuplés de personnages merveilleux ou exécrables, fabuleux ou ordinaires, courageux ou démoniaques. J'écrivais mes propres histoires. Nuit après nuit, je rédigeais au travers de mes rêves, tel un journal intime, ce que ma vie cachait de misère et d'espoir. J'étais heureuse de m'endormir. Les cauchemars, les plus horribles mêmes, ne me détournaient pas de rêver. Ma grand-mère, c'était là ma revanche, n'avait aucun pouvoir sur ce que je m'inventais la nuit.

Le mutisme dans lequel elle s'enfermait m'avait poussé à la faire figurer dans les songes dont mes nuits étaient peuplées. Plusieurs des sorcières grimaçantes et méchantes lui ressemblaient physiquement. Leurs ricanements rappelaient étonnamment l'intonation que prenait sa voix quand elle se mettait en colère et me rabrouait. Je me réjouissais quand une fée magicienne la faisait disparaître. Cela n'empêchait pas que, dès mon réveil, je m'estimais heureuse de la retrouver et de savoir qu'elle me serrerait dans ses bras et me manifesterait sa profonde affection.

Je fréquentais ainsi deux espaces, deux étendues différentes : celle des activités courantes et de mes tâches quotidiennes ; celle plus vaporeuse, presque immatérielle, faisant de mes nuits le refuge de mon âme, et comme le repos psychique de mes jours.

L'école aussi m'était d'un précieux secours. Quelles que fussent les matières, je dévorais les mots, pour m'entraîner à grandir, et plus encore les poèmes qu'on nous faisait apprendre par cœur et réciter en classe. Les poètes, en effet, avaient le don de dire, en peu de mots, les souffrances de l'âme et ce besoin de vivre dont j'étais habitée. Des mots de larmes, de couleurs, et de chants, dont je m'enivrais toutes les fois que la pensée que je me faisais de moi-même me chagrinait. Je reprenais ces poèmes, je les disais d'abord au fond de moi, non pour briller à l'école ou avoir de bonnes notes, mais pour simplement respirer.

Je me réjouissais d'avoir appris à bien lire, à courir d'un mot à un autre, d'une phrase à une autre, à prendre de la sorte possession d'un poème tout entier, car les poètes jamais ne demandent à ceux qui les lient s'ils sont grands ou petits. Mes lectures, en silence, à voix haute ou à voix basse, allégeaient ma réalité. Grâce à la poésie, je parcourais des paysages de rêve qui me protégeaient des non-dits de ma grand-mère et atténuaient mon impatience à en percer le secret. J'étais ailleurs alors que j'avais mal ici. Le monde de l'imaginaire — celui de la créativité — me nourrissait et protégeait le dedans de moi-même. L'histoire des adultes m'était si pesante et tellement vieille qu'elle ne devait d'aucune manière entraver la mienne. J'avais une vie à vivre, et cette vie était mienne.

Je me savais différente des autres et j'en souffrais. Je voulais à tout prix m'extirper de cette prison où j'étais cloîtrée. L'école m'en donnait l'occasion et je m'étais liée rapidement d'amitié avec Jeanne, de deux ans plus âgée que moi. Elle m'inspirait confiance et semblait me deviner. Je pouvais tout lui dire sans crainte d'être trahie. Sa vivacité d'esprit et son caractère enjoué m'enchantaient, de même que toutes les histoires drôles qu'elles me contaient, qui me comblaient d'aise et distrayaient mon esprit. Tout en partageant mon délaissement, elle avait comme spontanément découvert le secret de me récréer, de m'éloigner de mes tracas et de mes soucis habituels. Nos éclats de rire se confondaient et nous ramenaient toutes les deux à la candeur comme à l'insouciance de notre âge. Sans le savoir, alors que je voulais ardemment être grande, elle m'aidait plutôt à devenir une enfant.

*

Mais, dès mon retour à la maison, seule à seule avec moi-même, je reprenais, là où je l'avais laissé, ce dialogue caché avec ma mère, peu importe l'endroit où elle pouvait se trouver après ma naissance ; une naissance qui hélas ! lui avait enlevé la vie. Un dialogue d'âme à âme dans un langage secret ne se référant à aucun alphabet, semblable à celui des nouveau-nés dans leur relation charnelle avec leur mère, mais qui se retrouve aussi dans une relation immédiate après la mort — inaugural, d'un côté ; de clôture, de l'autre. Ce dialogue avec ma mère défunte transgressait le domaine des sens. Les religions le relient d'ordinaire au monde surnaturel ; les besoins du cœur, quant à eux, à tous les êtres dont l'existence nous est chère et dont l'histoire se mêle à notre vie.

*

Le rapport à mon père m'était plus difficile qu'avec ma mère. Je ne connaissais de lui que le nom — celui dont la maîtresse d'école s'était servie la toute première fois qu'elle avait vérifié les présences. C'est par elle, et non par ma grand-mère, Agathe Frémond, que je sus que je m'appelais Émilienne HAMEL. Jamais ma grand-mère n'avait prononcé ce nom, comme s'il nous était totalement étranger…

J'en voulais à mon père d'avoir fait du décès de ma mère un divorce ; et de moi, un être oublié. Alors que ma mère m'avait donné la vie ; il me l'avait en quelque sorte ôtée. Je le détestais tout en cherchant à l'aimer.

À cause de lui, j'avais appris à mentir, pour échapper aux questions qu'on me posait à propos de lui. Dans ma tête d'enfant, le mensonge était cette autre vérité qui, pour me tirer d'affaire, servait à cacher la situation invivable dont j'étais affligée et épuisée.

Ce père dont ma chair gardait et la mémoire et le plus urgent besoin, j'eusse tellement aimé me blottir contre lui, me faire caresser, entendre sa voix, attendre son retour du travail, me faire raconter une histoire avant de m'endormir. Les mensonges de la petite fille que j'étais, une petite fille en mal d'un père, avaient de toute évidence à mes yeux les attributs de la vertu. Ils me conféraient cette force qui me manquait pour continuer à vivre. Ces mensonges improvisés apaisaient la souffrance que chaque jour nouveau ravivait.

Je ne pouvais croire qu'il m'avait froidement abandonnée aux soins d'une grand-mère qui n'avait ni la jeunesse, ni la force, ni la présence affectueuse d'un père. À défaut de pouvoir le toucher et lui manifester mon amour, je ne pouvais me résoudre à le haïr. Bien des soirs, au moment du coucher, ce monde devenu trop grand pour moi se repliait sur moi-même. Il m'oppressait à ce point que je n'avais d'autre envie que de pleurer. Quand, au réveil, ma grand-mère s'inquiétait du gonflement de mes paupières, je choisissais au hasard d'une liste de mon invention l'excuse qui me paraissait sur le moment la plus vraisemblable, ne m'attardant guère à l'idée qu'elle pourrait faire semblant de me croire.

Dans les instants particulièrement critiques, j'allais m'asseoir sur le muret bordant la roseraie du jardin, m'employant à me dédoubler. L'Émilienne extérieure trouvait alors refuge dans une autre Émilienne, celle du dedans, étrangère aux autres, mais en tout point semblable à moi-même. Je lui confiais, dans le secret de mes silences, la tâche peu enviable de faire le deuil de mes parents, et de laisser libre cours à l'afflux de mes larmes.

Je n'avais, en effet, d'autres ressources que de me plonger à l'intérieur de moi-même, recourant, ainsi que le fait l'animal, au réflexe du terrier. Je tirais derrière moi la porte d'une chambre intérieure pour me retrouver seule, loin du monde habituel.

À un âge peu commun, je découvrais déjà, par cette ascèse de la volonté, ces ressources occultes enfouies dans les profondeurs de l'âme et du psychisme. Il fallait toute cette souffrance muette pour y arriver. Ne connaissant rien en ce domaine, je me laissais tout simplement plonger en moi-même. Un tel repli, dans ces moments fragiles de ma vie, me valait d'être forte. Je connaissais à cet égard bien des échecs, mais redoublais d'effort, condamnée que j'étais à parcourir, en l'absence des autres, ce chemin le plus long de mon existence, celui qui allait de moi-même à moi-même.

Un jour, dans la cour de récréation, Jeanne, me voyant plongée dans une secrète méditation au pied du gros hêtre situé à une dizaine de mètres du gymnase, s'était empressée de me rejoindre et de s'asseoir à mes côtés.

— À quoi penses-tu comme ça ? Tu m'as l'air bien triste.

— À rien de particulier. J'éprouve de temps en temps le besoin de faire le vide en moi, d'écouter le silence.

— Voudrais-tu alors que je m'en aille, que je te laisse seule ?

— Tu es ma meilleure, pour ne pas dire ma seule amie. Je suis toujours heureuse d'être près de toi.

— Je vais alors me taire et partager ton silence. Fermons alors nos yeux…

— On peut les garder grands ouverts tout en prêtant peu d'attention à ce qui nous entoure. C'est là une question d'habitude.

— Tu peux garder les tiens ouverts. Moi, je vais les fermer. Pour méditer, j'ai besoin de m'entendre respirer et d'écouter les battements de mon cœur.

— Entendu !

Cet accord conclu entre nous eut pour premier effet de me distraire de moi-même. Ressentant par ailleurs cette folle envie de la surprendre dans sa position d'orante, je tournai discrètement mon regard en sa direction. À l'instant même où je m'en acquittais, je la surprenais en train — elle aussi — de m'épier d'un œil. Nous ne pûmes nous empêcher d'éclater de rire.

— À la bonne heure ! me dit-elle. Je te préfère ainsi.

Elle me serra dans ses bras et nous restâmes un bon moment dans une telle communion.

— J'aimerais tellement prendre sur moi une part de tes malheurs, avait-elle murmuré.

— J'apprécie ton amitié. Mais si c'était le cas, serais-tu encore mon amie ?

— Comment ça ? L'amitié est aussi cela.

16

— Pas tout à fait ! Nous ne pouvons pas troquer nos vies... Nous avons chacune la nôtre. Le secret de l'amitié est de donner à l'autre ce qu'il n'a pas. Sans être moi, avais-je ajouté, je veux surtout que tu sois toi.

La sonnerie indiquait la fin de la récréation. Chacune de nous rejoignait sa salle de cours.

*

Tous les dimanches, j'accompagnais ma grand-mère à la messe. Des religieuses occupaient les premières rangées de la nef. Je ne manquais pas de les observer. Elles étaient plongées dans leur dévotion, dans une fervente méditation. Certaines d'entre elles, remuant machinalement les lèvres, marmonnaient des prières, alors que d'autres, les yeux fermés, s'absorbaient dans une insondable extase. Je me demandais si elles ne pleuraient pas en fait l'éloignement et comme l'absence de Dieu. Je les enviais de pouvoir aimer si fort un Dieu qu'elles ne voyaient pas.

Ce qui la poussait à venir à l'église, ce n'était pas seulement son architecture verticale, ses courbes ogivales, la lumière tamisée de ses vitraux, mais plus encore la sensation d'être protégée par l'enveloppe ouatée de ses murs, dans cette demi-pénombre propice à la méditation ; de remonter au temps d'avant sa naissance, celui où elle se trouvait à l'intérieur du sein vivant de sa mère. Une sensation bien étrange que les chants liturgiques amplifiaient. De tels instants de grâce s'évanouissaient, hélas, quand prenait fin la messe du dimanche. Ce tête-à-tête hebdomadaire lui faisait le plus grand bien. Il lui prenait bien souvent l'envie de reprocher à Dieu sa solitude, mais, perdue qu'elle était dans ses repères, elle n'avait ni la force, ni même l'envie de s'insurger contre lui, encore moins de lui faire un procès. Elle était d'ailleurs encore trop petite pour se dresser contre ce que jusqu'ici on lui avait appris de lui ; un Dieu bon et tout puissant, à l'origine de toute chose. Elle le priait à sa façon, lui ouvrant les recoins de son cœur. Elle souhaitait par-dessus tout qu'il délie la langue de sa grand-mère qui selon elle avait fait, comme ces religieuses de l'église, l'insoutenable vœu de se taire.

*

Sa grand-mère maternelle était une croyante peu ordinaire. Catholique de tradition et d'éducation, elle vouait un véritable culte à Luther. Sa réforme — et elle s'en félicitait — mettait directement la Bible entre les mains des croyants. Ils pouvaient en avoir une interprétation toute personnelle, sans devoir se fier à un intermédiaire. Elle était convaincue que Luther libérait ainsi la parole de Dieu, sans passer, ainsi qu'elle le disait et proclamait, par les racontars du clergé. Tout en suivant la liturgie catholique, elle faisait de la bible protestante son livre de prédilection.

Elle reprochait aux membres du clergé de se donner pour les seules dépositaires de la vérité divine. Ils se mettaient à la place de Dieu pour l'expliquer à ceux dont ils faisaient leurs ouailles, les prenant pour d'éternels enfants, comme s'ils n'avaient jamais appris à lire et à penser. Aurait-elle vécu au temps de l'Inquisition, on l'aurait tenue pour une hérétique, jugée et brûlée sur le bûcher. Heureusement pour elle, la liberté de pensée avait depuis fait son chemin et elle ne pouvait tout au plus que passer pour une excentrique. Outre cela, elle avait dans son arsenal anticlérical d'autres convictions. Elle ne pouvait supporter qu'en s'adressant à des prêtres, vieux ou jeunes, on les appelât « mon père ».

*

Une dame patronnesse, Antoinette Bérard, faisait tous les ans la tournée des paroissiens. Elle s'était mise, de bon gré, au service du curé de la paroisse, le Père Conrad Gervais, de l'ordre des Capucins, prêté au diocèse en raison

18

de sa solide foi et de son rayonnement sacerdotal. Madame Bérard, il est vrai, était friande de prières et de dévotion. Elle comptait dans sa panoplie de saints et de saintes, faisant l'objet de sa vénération, Catherine de Sienne, François d'Assise, Thérèse de Lisieux, sans oublier Padre Pio, connu pour ses stigmates, ainsi que d'autres saints thaumaturges. Son frère, de surcroît, œuvrait comme missionnaire en Casamance. Malgré ses dévotions excessives et ses positions arrêtées, jamais la grand-mère d'Émilienne ne lui avait refusé la porte de sa maison. Elle en profitait d'ordinaire pour mieux se décharger de ce qu'elle avait sur le cœur en matière de religion. Elle trouvait au demeurant tout à fait justifiées de telles visites pour les bonnes œuvres de la paroisse. Comme toutes les autres institutions, déclarait-elle, les églises ont, elles aussi, besoin d'argent pour exister.

Lors d'une de ses visites annuelles, après lui avoir glissé une enveloppe destinée aux bonnes œuvres de la paroisse et servi du café et des biscuits sablés, sa grand-mère, après quelques généralités d'usage, avait voulu entamer avec elle quelques sujets religieux.

Ce jour-là, au lieu de s'enfermer dans sa chambre, Émilienne avait choisi de s'installer à un bureau dans un coin du salon d'où elle pouvait voir les allées et venues de sa grand-mère tout en s'acquittant d'une rédaction scolaire ayant pour sujet « La fuite du temps », titre d'un poème de Guillaume de Lorris. Elle voyait, quant à elle, l'œuvre du temps dans sa matérialité concrète, mais aussi dans son mystère : dans les flétrissures du visage de sa grand-mère, dans sa démarche quelque peu hésitante, dans le grisonnement de ses cheveux, dans les plissures de ses lèvres.

Souffrant tellement de la disparition de ses parents, elle suppliait le temps de presser le pas et de hâter l'âge de sa majorité légale.

À l'arrivée de madame Bérard, sa grand-mère l'avait autorisée à rester là. Elle avait à l'époque 15 ans. Aux yeux de madame Bérard — très pointilleuse sur les questions de

19

bonne tenue et d'éducation —, elle se devait de faire bonne figure et de passer pour une enfant exemplaire et une élève modèle. Tout en discourant avec sa grand-mère, madame Bérard ne manquait pas de l'observer du coin de l'œil, jouissant en effet, et malgré son âge, d'une telle acuité visuelle et d'une telle mémoire spatiale que rien pratiquement ne lui échappait.

— Vous avez là une bien gentille petite-fille, avait-elle chuchoté, comme pour ne pas la distraire de son travail scolaire.

— Je suis heureuse de l'avoir près de moi et de pouvoir lui inculquer de bons principes. Je suis fière d'elle, et je voudrais, pourvu que Dieu m'en laisse encore le temps, contribuer à faire d'elle, dans la mesure de mes moyens, une femme réussie. Une femme de conviction et de valeur ; forte intérieurement et échappant à la médiocrité.

— Je suis de votre avis. Le monde d'aujourd'hui est si difficile…

Madame Bérard le disait sur un ton résigné où le dépit se mêlait à la mélancolie. Comme bien des gens, elle paraissait préférer vivre à une tout autre époque. Ma grand-mère en cela ne lui donnait pas raison. Émilienne l'avait entendu dire qu'on ne peut échapper à son temps, qu'il appartient à chacun de décider où il veut se situer dans son époque en faisant la part du bien et du mal ; que le procès du temps n'aboutissait à rien ; qu'il était plus utile et plus sage de s'interroger soi-même, de se donner des règles et des valeurs personnelles, peu importent les travers, les lacunes et les défaillances de son époque ! Aucune époque d'ailleurs n'était en tout point irréprochable.

Madame Bérard lui avait avoué que de toutes les périodes de l'histoire, elle vouait une préférence particulière au XIIe siècle, celui de l'amour courtois et du fol amour ; et — plus que tout — celui de la foi. Sa grand-mère, quant à elle, chérissait le Siècle des lumières. Madame Bérard, pour justifier son attachement au Moyen Âge, n'avait pas tardé à mentionner combien les moines du XIIe siècle — les plus érudits de l'époque — avaient enrichi la civilisation occidentale en traduisant les grands auteurs de l'Antiquité grecque et romaine. Sans ce travail minutieux de ces sommités intellectuelles, on se trouverait privé, non seulement des œuvres des philosophes de l'époque, mais aussi des poètes comme Ovide qui avait mêlé la raison aux aventures du cœur et à l'apport des mythologies...

Tout en lui donnant raison, et pour la taquiner, Agathe Frémond avait osé avancer que Voltaire à lui seul valait bien une cathédrale.

Émilienne, à les entendre, se disait qu'elle avait encore beaucoup à apprendre et qu'il lui faudrait bien des années pour se faire une opinion de l'Histoire. Étant loin d'avoir terminé sa rédaction, distraite qu'elle était par les paroles de sa grand-mère et de madame Bérard, elle avait discrètement et comme sur la pointe des pieds, regagné sa chambre pour la terminer.

*

L'intérêt que prenait sa grand-mère à ce genre de conversation avait quelque peu rehaussé à ses yeux la stature d'Antoinette Bérard au point de vouloir prolonger sur le même thème la conversation.

— Le problème majeur de l'Église catholique est que ceux et celles qui se sont mis entièrement à la disposition de Dieu oublient qu'ils sont loin d'être de purs esprits. Leur statut, à lui seul, n'en fait pas des anges. Contrairement à Dieu qui n'a pas de corps, eux, ils en ont un. Leur limite est justement celle-là. Quand ils soutiennent qu'ils parlent au nom de Dieu, cela ne peut guère sous-entendre qu'ils en prennent la place au point de le rendre muet, invisible et inopérant.

Mais, à les voir agir — c'est avant tout le cas du clergé —, on dirait qu'ils se situent dans « le Saint des Saints », tels des êtres hors du commun et inaccessibles. Vous

21

comprenez pourquoi je me méfie de tous ces professeurs de religion et que je préfère avoir un accès direct aux Saintes Écritures. En ce domaine, les protestants savent peut-être mieux que nous faire la part de l'humain et du divin.

— S'il est dans l'Église des prêtres et des prélats qui tirent de leur fonction un sentiment d'orgueil et de toute-puissance, je ne pense pas que c'est le fait de la majorité. Beaucoup d'entre eux ont comme nous le sentiment de leurs faiblesses et de leurs imperfections. Ils savent que trop souvent la chair se rebiffe contre l'esprit et mettent alors au menu de leur quotidien cette part d'ascèse nécessaire à leurs faiblesses et à leur condition...

— Je me suis bien souvent demandé à quoi servent toutes ces multiples religions si l'on part du principe de l'existence d'un seul et unique Dieu. La logique voudrait qu'il n'y ait de par le monde qu'une religion, rassemblant l'ensemble des croyants, sans préjuger de la position des athées et des incroyants qui, à partir d'autres critères et d'autres raisonnements, en arrivent à d'autres conclusions. Une seule religion favoriserait plus d'empathie et plus d'humanité... Mais, s'ajoutant à la diversité des cultures, des mentalités et des philosophies, l'instinct de cloisonnement et d'opposition aux autres explique dans une large mesure le fourmillement des religions à travers le monde.

— Vous avez sur ce point parfaitement raison. Nous avons de longue date perdu le sens de notre unité et de notre commune condition.

Toutes les deux étaient enchantées d'une telle rencontre, ce qui donnait naissance à une grande amitié, mais le moment était venu pour elles de se quitter.

Madame Bérard avait mis dans son sac à main l'enveloppe que lui avait préparée Agathe et s'apprêtait à s'en aller. Sur le pas de la porte, elle avait été un moment retenue.

— Juste un dernier mot, avant que vous ne partiez. Dites à votre Père Gervais que le clergé occupe beaucoup trop de place dans nos vies.

— Pourquoi dites-vous cela ?

— Aurais-je un fils-prêtre, je ne me verrais pas l'appeler « mon père », ne pouvant être à la fois mère et fille ; encore moins me confesser à lui. L'invention du sacrement de pénitence a tout d'un abus. La pratique du confessionnal n'est qu'une violation de la conscience — une intrusion dans ce que chacun a de plus intime. Dites-le-lui de ma part que le secret de la confession porte atteinte au secret de nous-mêmes. Beaucoup de prêtres, selon moi, se repaissent de la confession des autres...

*

Émilienne avait repris le chemin de l'école. En classe, on demandait au hasard à certains élèves de venir en avant et d'interpréter à leur manière certains textes d'œuvres théâtrales, et de jouer le rôle d'acteurs ou d'actrices. Émilienne était ravie de le faire et de se mettre dans la peau des autres en s'oubliant elle-même. De tels exercices en classe ne comportaient — comme c'est le cas de ce qui relève de la littérature et de l'art — ni gagnant ni vaincu. Leur seul but était de les faire devenir un personnage et de ne trahir ni leur rôle ni l'intention l'auteur. De retour à la maison, comme en écho, elle s'imprégnait de ces passages et de leur mise en scène.

Elle avait très vite développé une boulimie des livres et fait de la bibliothèque scolaire son espace privilégié. La direction de l'école avait eu la bonne idée de réserver pour les plus grands une plage horaire consacrée à la lecture en bibliothèque dans un coin spécialement réservé aux élèves de son âge et offrant une variété de livres appropriés à leur niveau d'étude. Un lieu de liberté intérieure où un silence propice à la lecture et au savoir était de règle. Elles avaient à leur disposition des coussins posés çà et là et à même le sol où, adossées au mur, elles pouvaient à leur aise se plonger dans leur lecture. Contrairement à la salle de classe où celui ou celle qui donne le cours est, dans sa transmission, le propriétaire du savoir, la fréquentation des auteurs de la bibliothèque constituait une expérience d'un tout autre ordre. Une fois leurs livres écrits, les auteurs se taisaient eux aussi pour les laisser pénétrer dans cette immense forêt des connaissances, mais aussi de la littérature et des arts, où il revenait à chacun de tracer son propre chemin. Un savoir pour soi que personne d'autre ne contrôlait. Un ensemencement de l'esprit échappant aux notes de passage et au verdict des examens. Une lecture qui s'adressait non seulement aux vertus de l'intelligence, mais plus encore à l'âme, aux sens et au cœur. Quelque chose de gratuit, dont chacun tirait parti.

*

Depuis la récente visite d'Antoinette Bérard, elle avait observé un net changement d'attitude de sa grand-mère à son égard. Elle cherchait à se rapprocher d'elle. De façon discrète au début, mais nettement plus ouverte et plus naturelle par la suite. Elle s'informait de ce qu'elle aimerait manger, au lieu de lui imposer les plats que d'ordinaire elle cuisait. Elle lui préparait plus souvent des desserts dont elle raffolait. Elle s'intéressait davantage à ses activités scolaires, lui proposait de lire certains livres de sa bibliothèque tout exprès choisis à son intention, et s'intéressait à l'opinion qu'elle s'en faisait. Certains week-ends, elle lui offrait d'aller voir un film en sa compagnie, et lui proposait si elle en avait envie d'inviter sa bonne amie Jeanne. De telles marques d'affection soulignaient qu'elle n'était plus seulement témoin de sa vie, mais qu'elle la partageait. À la fréquenter ainsi de plus près, sa grand-mère retrouvait en quelque sorte son instinct maternel. Contrairement à autrefois, elle acceptait même ses railleries. Un jour qu'elle s'apprêtait à sortir pour faire quelques provisions dans les environs et qu'elle s'était risquée de lui faire remarquer que sa jupe était mal assortie à son chemisier, qu'elle était passée de mode, elle ne s'en était guère montrée offusquée. Bien au contraire.

— Quelle adorable petite peste tu fais ! C'est ainsi que l'on se rit de sa pauvre grand-mère ! avait-elle riposté d'un air coquin.

Comme elle s'était mise à la dévisager d'un air faussement surpris, elles avaient éclaté de rire. Elle s'était rapprochée d'elle pour l'embrasser et lui redire, une fois de plus, qu'elle était la plus délicieuse des grands-mères.

Elles étaient à ce jeu devenues complices…

Elle avait pris la décision, si difficile que cela lui semblât, de ne plus brusquer sa grand-mère, de ne pas la sommer de répondre à toutes ses attentes, de la laisser plutôt venir à elle sans chercher à forcer sa mémoire — et les secrets dont elle était tourmentée.

— Te voilà devenir femme ! Une grand-mère ne peut que se réjouir d'une telle transformation…

L'émotion qu'elle éprouvait en le disant lui avait même arraché quelques larmes. Émilienne s'était jetée dans ses bras pour la serrer bien fort.

— Mon bonheur est de savoir que tu m'aimes.

— Je serai toujours là pour toi, tout autant que je vivrai.

Elle aussi, elle s'était mise à pleurer.

Elles savaient pourtant, l'une autant que l'autre, que la vie n'était pas forcément complaisante. Sa grand-mère, dont le temps était mesuré ; elle, dont le passé flou nuisait déjà à sa vie présente et donnait un goût amer à la vision qu'elle se faisait de son propre avenir ; un avenir fortement tributaire d'un passé qui façonnait son anxiété, ses hésitations et ses états d'âme.

À observer le dos de plus en plus voûté de sa grand-mère, ses cheveux plus que grisonnants, elle se disait que le temps, occupé à buriner son visage, s'appliquait à faire d'elle une vieille femme dont l'horizon à mesure se resserrait. Il en était ainsi et rien ne pouvait en retarder l'échéance.

Leur cohabitation expliquait que pour oublier la patine du temps sa grand-mère se voyait en elle ; et elle — de son côté — avait besoin d'elle, pour se trouver et pour atténuer la mélancolie et le deuil permanent dont elle avait peine à se débarrasser. Une alliance qui se moquait du temps et des cheminements inverses de leurs corps et qui scellait dans l'amour la fusion étroite de leurs âmes. Un amour plus que simple d'une grand-mère et de sa petite-fille.

Elle savait la question dont Émilienne attendait la réponse ; elle avait pris sur elle-même de ne pas la lui donner, se contentant de lui jurer, comme pour l'apaiser, que le moment venu, elle saurait tout de ce qu'elle cherchait à savoir. Pour le moment, elle devait plutôt s'occuper de vivre…

*

Dès l'âge de cinq ans, Émilienne avait abandonné le *comment* des choses pour le *pourquoi* des choses. Des questions qui paraissent anodines, auxquelles les adultes ont pourtant peine à répondre. Pourquoi le ciel ? Pourquoi la terre ? Pourquoi la mer, le ciel et les étoiles ? Etc., etc. De quoi remplir bien des manuels spécialisés. Donner pour réponse aux enfants qui se les posent : « tu le sauras plus tard » ne pouvait les satisfaire, à un moment où ils se découvrent si petits dans un vaste univers.

*

Pour sa grand-mère, le moment était venu de lui répondre en lui racontant des histoires propres à son âge. De l'introduire tranquillement dans un monde parallèle, celui des légendes et des mythes, voire des religions, qui ont marqué les cultures de chacun des peuples.

Curieusement, en ce qui a trait à Émilienne, sa grand-mère avait décidé de lui parler de la création du monde en recourant au livre de la Genèse.

« Au commencement, Dieu créa le ciel et la terre, or la terre était vide et vague, les ténèbres couvraient l'abîme et un souffle de Dieu agitait la surface des eaux. » Sa grand-mère, qui ne retenait pas de mémoire l'ensemble du texte, avait alors ouvert sa vieille bible. Sur un ton théâtral, elle s'était mise à énumérer toutes les étapes de la création du monde. Les sommations de Dieu faisaient à Émilienne l'effet de mettre au monde ce qu'elles contenaient de force et de puissance. Elle assistait en quelque sorte à un déferlement de lumière traversant les plus épaisses ténèbres comme par un temps de grand vent, d'éclairs et de tonnerres.

Elle lui avait aussi raconté d'autres histoires purement imaginaires de légendes et de mythes où se trouvaient des dieux, des déesses et des démons.

En écoutant sa grand-mère, Émilienne se trouvait introduite dans le monde fabuleux de l'imaginaire et transportait dans ses rêves d'autres histoires de sa propre création : des histoires qui lui faisaient peur et qui la réveillaient en sursaut. Mais aussi des histoires gentilles, d'oiseaux, de chien, de papillons aux multiples couleurs, des histoires aussi de fées — gentilles ou méchantes — au milieu des forêts. De telles histoires et de tels rêves étaient, avant son entrée à l'école, sa première connaissance du monde et de son contenu. Ils ouvraient tel un éventail l'ensemble de ses sens. Un théâtre de la vie, des espoirs, et des craintes, où les dieux eux-mêmes se mêlent à nous, quitte à nous ressembler.

Émilienne en retirait bien des avantages, en particulier celui de tenter de s'inventer elle-même.

Cette idée de remonter dans le temps, celui de la naïveté et de la fraîcheur d'âme l'enchantait.

Bien plus tard — quand elle fut en âge de mieux comprendre des textes plus difficiles et qui demandaient

27

plus d'attention —, elle avait tenu à lui conter cette autre légende — tout en la lui expliquant pour s'assurer qu'elle la comprenait.

« Il était une fois une déesse qui aimait la terre et veillait à ce qu'elle soit fertile et procure aux hommes, aux femmes, aux enfants, et même aux animaux, tout ce dont ils avaient besoin pour se nourrir. Les habitants de la terre offraient régulièrement aux dieux de l'Olympe auprès de qui elle vivait des offrandes en guise de remerciement. Son frère Zeus et elle, Déméter, avaient pour parents le dieu Kronos et la déesse Rhéa. Les dieux et les déesses n'obéissaient pas aux mêmes lois que nous. Bien que frères et sœurs, Déméter et Zeus eurent une fille du nom de Perséphone. Cette fille était pour sa mère ce qu'elle avait de plus précieux. Mais les dieux et les déesses ne sont pas, eux aussi, à l'abri du malheur. Même s'ils ne nous ressemblent pas, ils ont aussi leurs faiblesses et des comportements qui correspondent aux nôtres. Un jour, un autre frère, Hadès, qui régnait sur le monde souterrain de l'ombre et de la mort, enleva avec la complicité de Zeus et dans le but de l'épouser sa nièce Perséphone. Une fois attirée dans le monde des ténèbres, elle était condamnée à ne plus revoir la lumière. La disparition de sa fille plongea Déméter dans la plus vive douleur. Elle se vêtit de deuil et se mit à sa recherche sous les traits d'une vieille femme, pour cacher sa qualité de déesse. Pour punir son frère Zeus et le priver des offrandes que les humains lui faisaient, elle rendit la terre stérile. De cette façon, elle obtint gain de cause. Zeus et Hadès finirent par accepter que sa fille Perséphone demeurât auprès d'elle huit mois de l'année. Se réjouissant d'un tel compromis, la terre redevint fertile, au contentement de tous. »

Cette histoire qu'elle lui avait contée lui était allée droit au cœur, au point même de la troubler.

Elle se demandait si elle n'avait pas choisi cette légende tout exprès pour elle, comme si elle cherchait à la persuader que les mythes, fruit de l'imagination des peuples, traduisaient, à leur façon et comme en écho de la réalité, les épreuves et les malheurs en plein cœur de nos vies. Émilienne avait pensé qu'elle faisait à rebours ce que Déméter avait accompli. Elle cherchait, quant à elle, sa mère que la mort lui avait enlevée. Elle souhaitait la rejoindre, sans toutefois pouvoir la ramener à la lumière, dans les zones d'ombre dont elle était enveloppée. Elle lui manquait cruellement ; elle ne pouvait tout au plus la retrouver que dans les limbes ou même l'enfer de la mémoire et des secrets de sa grand-mère, tandis que son père, inconnu jusque-là, parcourait dans un ailleurs lointain les chemins embrouillés de la terre. Elle se trouvait ainsi à la recherche de deux mondes — celui des morts et des vivants.

*

Contrairement aux autres, son avenir ne dépendait que d'une grand-mère vieillissante. Elle se disait que si elle aussi disparaissait, elle n'aurait pour socle qu'elle-même, telle une naufragée sur une île déserte. L'idée de son avenir la rendait déjà orpheline. Elle était encore bien trop jeune pour suivre, au hasard de la mort, le cercueil de sa grand-mère et pas assez robuste dans son être pour s'assumer. Elle souhaitait presser le temps de la conduire à sa majorité, tout en le suppliant de s'arrêter quelque peu et de rendre jusque-là sa grand-mère immortelle. Cette alliance, à la croisée de l'adolescence et de l'âge adulte, lui tenait lieu de prière. Elle l'avait inscrite sur un petit carton, qu'elle glissait tous les soirs sous son oreiller, tel un talisman. Tous les matins, au réveil, elle le plaçait en lieu sûr, hors de portée de sa grand-mère. C'était son secret à elle qu'elle associait à ce qu'elle avait appris du périple de Déméter à la recherche de Perséphone. Un secret bien gardé, comparable aux mystères d'Éleusis.

*

29

Elle était persuadée que le meilleur chemin pour hâter sa maturité et se rapprocher de l'âge adulte était de se plonger corps et âme dans les apprentissages scolaires, d'assurer son passage d'une classe à l'autre jusqu'à l'obtention du baccalauréat. Son engouement pour l'école ne s'arrêtait pas aux seules matières au programme. Sa grand-mère lui laissait l'entière liberté de fouiller dans sa bibliothèque, mettant ainsi l'univers des livres à sa discrétion. Elle y trouvait, au gré de sa curiosité et grâce à l'invention de l'alphabet, tous ceux qui avant elles existaient et pensaient — des philosophes, des poètes, des historiens, des écrivains de toutes les époques et de tous les genres, sans parler des contemporains qui exploraient et exprimaient le monde à leur façon. Elle touchait aussi des yeux des pages interdites, que jamais elle n'aurait trouvées à l'école. Elle savait gré à sa grand-mère de l'exposer, dans les romans divers, aux tentations de la chair et de l'esprit, aux ruses de l'instinct, quitte pour l'âme et le corps à se nourrir de la sève l'un de l'autre.

Elle se disait que si madame Bérard et, plus encore, le Père Gervais avaient pu deviner ses orages intérieurs, ils lui auraient sans le moindre doute conseillé de confesser sans plus tarder les péchés d'une chair vorace et affamée — que l'on qualifiait en termes éduqués de *mauvaises pensées* —, et de chercher à s'attirer la grâce et le pardon de Dieu. Mais, au fond d'elle-même, elle savait que les mêmes convoitises de la chair reprendraient leurs mouvements et que l'absolution donnée et l'exorcisme des prières terminé, les mauvaises pensées reprendraient leurs chemins. Au lieu de subir les foudres de la religion et de réprimer le printemps occulte des plaisirs, elle jugeait préférable de partager avec son amie Jeanne une expérience commune. Elles étaient toutes les deux convaincues qu'il leur fallait passer par de tels bouleversements pour arriver à une pleine conscience d'elles-mêmes et du monde. Elles n'étaient pas de purs esprits, et leurs corps qui servaient d'asile à leur âme ne différaient pas des bourgeons qui éclatent ni des arbres qui s'habillent de verdure et de fruits. Leur condition incluait cette part d'affolement, cet excès des sens, sur le chemin de leur épanouissement, de leur accomplissement et de leur personnalité. Le réveil de la sensualité n'était pas, de nature, un venin à extirper. Elle se rappelait d'ailleurs ce jour où elle avait ouvert la bible de sa grand-mère et que, par un plus grand des hasards, elle était tombée sur le texte du « cantique des cantiques ». Elle avait, ce jour-là, été littéralement éblouie par ce qu'elle avait pu y lire, et surtout par le verset *« Mon bien-aimé est à moi, et je suis à mon bien-aimé »*. Son émotion, à parcourir le texte entier, était si forte qu'elle ne pouvait s'empêcher de faire état à sa grand-mère du transport et du ravissement qu'elle avait eu à le lire.

— Oui, c'est un des plus beaux textes de la Bible.

Sa grand-mère avait insisté non seulement sur la poésie du texte, mais aussi sur l'effet qu'il a eu dans le cœur des âmes consacrées à l'amour du Christ. Les moniales, dans l'atmosphère cloîtrée et feutrée de leur couvent, en se basant sur ce texte et en le transposant, n'avaient pas manqué de faire du Christ leur époux. Un époux spirituel, certes, mais un époux. Les prêtres, de leur côté, ont fait de Marie la confidente de leurs pensées et de leur cœur. Ma grand-mère, à l'époque où elle lui en avait parlé, s'était bien gardée, pour ne pas la troubler, de lui dire que, pour nombre d'entre eux, la pureté virginale de Marie servait de préface, au tréfonds d'eux-mêmes, à l'obsession lancinante de la femme.

En lui donnant accès à sa bibliothèque, sa grand-mère avait probablement cherché à mettre entre elles deux — telle une coupure d'un cordon ombilical — cette distance que procurent les livres entre des êtres pourtant si proches l'un de l'autre. Elle savait que le monde des auteurs, au gré de leur talent et de leur imagination, ouvre les portes d'un ailleurs à mille lieues de nos préoccupations présentes et nous offre en cadeau ce don d'ubiquité qui nous projette dans l'avenir ou nous ramène, en remontant l'histoire, dans les passés les plus lointains. Après de longs périples auxquels nous sommes conviés, chacun de nous revient à lui-même tout comme Ulysse à son Ithaque natale. « Il faut sortir de soi pour se trouver soi-même », lui disait sa grand-mère. Sur ce point-là, elle lui donnait raison. Cela ne l'empêchait pas de lui faire remarquer qu'il faut aussi entrer en soi pour se garder soi-même.

*

Le dialogue entre elles avait peu à peu changé de nature. Elle n'était plus, en effet, cette petite fille qui reprochait au sort de l'avoir jetée au monde sans la présence et l'affection de ses parents et qui la menait à se comparer à ces nouveau-nés que l'on abandonne au seuil des orphelinats, pour des raisons qu'elle ne comprenait pas.

Elle avait cessé de harceler de ses sanglots sa grand-mère. Elle ne lui enjoignait plus de lui révéler sur commande les lourds secrets qu'elle gardait au fond d'elle-même. Elle ne voulait pas non plus ajouter, telle une revanche, sa souffrance à la sienne. Elle lui consentait plutôt le droit de choisir quand bon lui semblerait de s'en décharger et de les lui révéler.

Sans avoir à le lui dire explicitement, elle lui faisait sentir par son changement d'attitude et de comportement qu'elle cherchait à la remercier d'avoir pris soin d'elle et de l'avoir protégée d'elle-même et des autres. Les colères sourdes de son cœur, au plus fort de son désarroi de petite fille, ne lui avaient rien enlevé de l'amour qu'elle lui vouait et ne lui avaient tout au plus servi que de boussole pour lui venir en aide et la rassurer.

Maintenant qu'elle avait grandi et qu'elle arrivait à s'assumer, sa grand-mère, de son côté, se sentait libérée de ses propres contraintes.

Elle abordait avec elle des sujets plus libres et plus enjoués. Quand elle sortait faire des emplettes, elle ne se gênait pas pour lui demander de l'accompagner. Chacun de ses pas auprès d'elle était, pour plus tard, quand elle ne serait plus là, un de plus sur le chemin de ses souvenirs. Le long des rues, les passants se montraient plus d'une fois frappés par le couple qu'elles formaient, celui d'une vieille grand-mère aux côtés de sa petite-fille.

Elle regrettait bien sûr de n'avoir jamais pu le faire au côté de sa mère, mais pour rien au monde elle n'aurait voulu s'arracher au tableau de deux femmes aux âges contrastés que tout peintre habile eût souhaité de croquer. Deux figures, apparemment antagoniques, revêtues des fantaisies du temps.

— Ta présence me fait du bien, avait-elle murmuré à Émilienne, un jour qu'elles se trouvaient à la terrasse d'un café.

Sa grand-mère avait alors discrètement posé sa main sur la sienne. Émilienne, un peu pour la rassurer, mais surtout pour lui montrer qu'elle l'aimait, avait caressé la sienne, le temps de quelques secondes. Sans le moindre égard à ses cheveux blancs, à ses joues quelque peu creusées, et à ses mains, un brin tremblantes, leurs âmes et leurs cœurs se rejoignaient, comme si, en cet instant précis, l'une et l'autre — et en dépit des apparences — n'avaient point d'âge.

Mais, quelles que pussent être l'intensité et la richesse d'un tel moment d'exception, la nature reprenait bien vite ses droits et redessinait les empreintes du temps. Pour sa grand-mère, son vieillissement ; pour elle et en attente des lendemains, l'annonce et la préfiguration de ce qui l'attendait.

*

En fait, à part le souci qu'elle avait d'elle, sa grand-mère ne lui semblait pas s'effrayer de la mort. En dehors des tâches domestiques, elle lisait beaucoup, mêlant les mots aux accords de la musique classique, sans nulle autre préoccupation.

Quand Émilienne avait peine à dormir, il lui arrivait de la surprendre à écrire dans la pièce qui lui servait de bureau.

33

Marchant à pas feutrés, elle évitait de la distraire et de la déranger. Elle se demandait ce qu'elle pouvait bien écrire. Bien des suppositions lui venaient à l'esprit. Peut-être ses mémoires…, mais elle n'était pas du genre à s'inventer une renommée et à livrer sa vie à la postérité. Elle changeait alors de supposition. Peut-être que loin de toute vie publique, elle passait en revue les étapes marquantes de sa vie — les bonnes comme les mauvaises. Elle préférait supposer qu'elle écrivait, à son intention, toutes ces belles histoires qu'elle n'avait pas eu le loisir de lui raconter — une façon comme une autre de lui dire combien elle l'aimait, et de lui laisser un tel amour en héritage. Elle regrettait cependant de ne pas savoir l'endroit où elle mettait tous ses textes, à l'abri de son regard. Elle avait, en effet, pris l'habitude de débarrasser son bureau de tous ses papiers ainsi que du courrier qu'elle recevait. Elle regrettait que sa grand-mère ne fût pas aussi brouillonne qu'elle et qu'elle eût gardé toutes les habitudes du temps où elle enseignait — celle de l'ordre et de la minutie.

*

Adolescentes, les liens d'amitié d'Émilienne avec Jeanne s'étaient de beaucoup resserrés. Jeanne n'avait plus besoin de la protéger des paroles méchantes des élèves comme au temps de la maternelle et du primaire.

Elles n'étaient à présent préoccupées que d'elles-mêmes, attentives à ces transformations qui leur procuraient le sentiment d'être femmes. Elles le voyaient dans les yeux des garçons, dans leur étonnement à deviner au travers de leurs corsages et de leurs robes d'été les pointes de leurs seins levés, à effleurer au passage et comme de premières caresses les formes femelles de leurs corps. Elles s'amusaient de leurs troubles, de leurs gaucheries. Au mépris de leurs muscles et de leur carrure, elles éprouvaient ce plaisir subtil de constater que, psychologiquement et physiquement, elles avaient sur eux quelques longueurs d'avance sur le chemin de la maturité.

Devant cette émotion caractéristique des garçons sur leur passage, elles se donnaient le plus souvent un air désinvolte, comme si elles cherchaient à leur signifier qu'elles faisaient peu de cas des tourments dont ils étaient traversés. Mais, en aparté, elles n'ignoraient pas que ce qui se passait en eux servait d'écho à ce qu'elles éprouvaient elles-mêmes.

À ce jeu des amours naissantes, dans cet état d'effervescence des sens où elles se trouvaient et des plaisirs secrets qu'elles en tiraient au point même de les entretenir, leur raison aveuglée et tout entière soumise se mêlait aux rêves les plus secrets de leurs pulsions sexuelles. Elles faisaient l'expérience de cette intimité inhabituelle, semblable à ces sources d'eau vive au cœur de leurs entrailles dont elles étaient à tour de rôle, dans leur rapport aux garçons, tantôt l'amont, tantôt l'aval. Ces amours de jeunesse, le plus souvent passagères, leur servaient d'avant-goût. Elles leur procuraient, à Jeanne comme à elle, une autre compréhension d'elles-mêmes et du monde. Elles avaient chacune leur liste dont parfois les noms se recoupaient — Justin, Laurent, Bernard, Lucien... Leurs noms importaient peu, et leurs visages qui un certain temps avaient occupé leurs nuits finissaient l'un après l'autre par se diluer dans l'aventure de leurs passions successives.

Jeanne et elle, à l'approche du baccalauréat, comprenaient mieux les mots des poètes, les pièces de théâtre, les textes littéraires préoccupés des multiples aspects de l'expérience et de la condition humaine, et leurs dissertations reflétaient l'obscure connivence de la chair et de l'esprit.

Elles étaient toutes les deux attentives à cette révolution profonde qui se passait en elles. Elle affectait leur comportement, leur façon de voir et d'agir, mettant fin pour de bon à leur insouciance et à leurs caprices d'autrefois. Elles étaient persuadées qu'en dépit de l'amitié qui les unissait un tel bouleversement les mènerait à se construire une histoire strictement personnelle, qu'elles se raconteraient sans doute, mais dont elles ignoraient dans l'immédiat le contenu. Le plaisir qu'elles avaient à se sentir femmes, et qui de toute évidence leur ouvrait d'autres horizons, se mêlait étrangement à l'inquiétude du lendemain. Elles ne savaient ni l'une ni l'autre ce dont au juste leur avenir serait fait. Devant un tel mystère, elles se retrouvaient seules en face d'elles-mêmes. Même si elles se partageaient leurs coquetteries auprès des garçons de l'école, il était peu sûr qu'elles vivaient de la même façon le déploiement de leur sexualité.

*

C'est ainsi que son corps avait fini par devenir, sans qu'il se fût agi d'une obsession, une préoccupation majeure de son esprit. Elle se posait une multitude de questions qui la plupart du temps lui donnaient le vertige. Elle aurait pu prier sa grand-mère de guider sa réflexion sur les rapports de la chair et de l'esprit, mais sa pudeur naissante, presque sa culpabilité, lui commandait de s'en occuper elle-même. Elle n'était pas certaine de bien s'en tirer, car ce qu'elle ressentait en elle la jetait dans un tourbillon physique et psychique difficile à contrôler. Elle passait de la tranquillité et de l'innocence de l'enfance aux multiples empressements de la sexualité.

Son corps n'avait rien d'un simple manuel de physiologie, que l'on étudie froidement. Il la possédait. Telle une onde de choc venue des entrailles de nulle part, il occupait tous ses sens et la distrayait des autres réalités. Soumise à de tels remous et ayant peine à se contrôler, elle lui en voulait de prendre le dessus sur son âme — tout en s'abandonnant secrètement aux multiples jouissances qu'elle en retirait. Elle savait que ses lois se différenciaient de celles de l'esprit — quoique liées dans leur fonctionnement — et que seule la mort pouvait les désunir. Elle savait tout autant, en raison de notre animalité, que le corps était tout ensemble un lieu de plaisir et de souffrance ; que celui de la femme en particulier passe par les plus vives douleurs quand vient pour elle le moment de donner la vie. Elle n'avait d'autre choix que de se faire à l'idée que le plaisir et la souffrance et, à un plus haut degré, le bonheur et le malheur, présentaient les deux facettes d'une même réalité et que, même au plus fort des passions, ils n'échappaient pas aux fantaisies du temps ; que la quête d'un bonheur, que l'on voudrait éternel, avait plus d'une fois ses heures de déceptions, de malaises et de deuil.

*

Le Père Conrad Gervais, à l'occasion d'un de ses sermons, avait lui aussi abordé ce domaine réservé au monde du plaisir. S'inspirant d'un texte du grand prédicateur Bossuet (1627-1704) *SUR L'AMOUR DES PLAISIRS*, il avait pour le bien des fidèles relevé quelques-unes de ses phrases mettant en garde contre l'amour abusif des plaisirs. Bossuet en avait fait mention dans une explication de la parabole de l'enfant prodigue où il est fait état d'un fils qui, contrairement à son frère, avait réclamé à son père l'héritage qui lui revenait et qui, l'ayant dilapidé dans des contrées lointaines en s'adonnant à des plaisirs insatiables, se trouva dans une extrême privation. Certains textes de Bossuet sur lesquels il s'appuyait lui avaient frappé l'esprit et, de toute évidence, révolté sa grand-mère assise à côté d'elle. Deux de ces textes méritaient toute leur attention : « *Jésus-Christ nous commande de persécuter en nous-mêmes l'amour des plaisirs, puisque, sous prétexte d'être nos amis, ils nous causent de si grands maux* ». Le second était tout aussi explicite : « *Le péché nous achète pour le plaisir qu'il nous donne.* » L'essentiel de sa prédication les mettait en garde contre l'amour désordonné des plaisirs, leur enjoignait de mettre des bornes à l'appétit des sens, de « *ne pas livrer au corps l'homme tout entier, à la honte de l'esprit* ».

Sa grand-mère, au sortir de l'office, avait ce jour-là fortement réagi à de tels propos. Elle reprochait au Père

Gervais et à Bossuet de faire du corps le tombeau de l'âme, de le rendre responsable, dans une large mesure, des horreurs de notre monde. Elle se demandait ce que pouvait être la vie sans le plaisir de vivre ; l'attente de la mort, sans avoir vécu ; le salut de l'âme, sans forcément les mortifications de la chair. Autant ne jamais exister…

Le malheur de l'Église, avait-elle ajouté, est de limiter le corps aux activités sexuelles, de se méfier des *œuvres de chair*, et d'oublier que le corps demeure avant tout l'aiguillon de la vie.

*

Sa grand-mère ne s'attendait pas à ce qu'Émilienne prenne position en ce domaine. Elle n'avait, en effet, ni son expérience ni l'accès à l'histoire entière de ses convictions. Elle demeurait à ses yeux sa petite fille, malgré ses dix-huit ans. Comme elle se sentait concernée par ce que le Père Gervais disait sur les appétits sexuels, en citant Bossuet, la réaction de sa grand-mère l'avait rassurée. Elle n'était pas vouée aux fournaises de l'enfer. Elle avait plutôt envie de célébrer son corps et les plaisirs qu'il lui procurait, comme on fête après un long hiver l'arrivée du printemps. Elle était plus que jamais attentive à elle-même et aux étapes par lesquelles elle passait. Son corps lui appartenait de plein droit, et c'était à elle — et à elle seule — qu'il revenait de le gérer. Elle vivait par ses sens une sorte de fusion d'elle au monde et du monde à elle. Elle lui déployait toutes ses antennes. Elle exposait son corps aux pluies battantes, ouvrait ses yeux aux beautés du monde, entendait les sons épars de son coin de terre, respirait les parfums de l'air ambiant, touchait de ses mains le contour des êtres et des choses, avait sa part de toutes les saisons.

Elle se demandait pourquoi au juste les hommes d'Église mettaient tant d'accent et d'éloquence à pourfendre la sexualité, à mettre en garde, au mépris des besoins de la vie, contre les désordres et le chaos qu'elle pouvait engendrer ; à sortir l'âme du corps pour lui assurer le salut. Eux aussi, pourtant, avaient un corps. Comment en disposaient-ils dans leur poursuite de Dieu ? Elle leur reprochait à son tour de se croire à force de prières et de souffrance intérieure de purs esprits, au déni de la réalité. Elle était curieuse de savoir de quoi étaient faites leurs nuits.

Pour ne pas se priver de Dieu, ils se retiraient de l'expérience commune. Ils abandonnaient aux autres, quitte à devoir les juger, le soin de faire à leur place ce dont ils s'efforçaient de s'abstenir. Elle les comparait à ces savants de laboratoire qui se servent de cobayes pour confirmer leurs hypothèses ; aux généraux d'armée qui, loin du front, livrent au combat des milliers de soldats, attendant que leurs exploits donnent raison à leurs stratégies. Ces gens d'Église dont la vocation les liait au vœu de chasteté se coupaient du reste du monde dont ils ne partageaient ni les tracas ni la réalité. Leur marginalisation, pourtant, ne les mettait guère à l'abri des tentations vulgaires. Ils avaient beau vouloir, dans leur alliance avec Dieu, séparer leur âme des problèmes du corps, ils ne pouvaient échapper aux pulsions dont ils étaient tourmentés. Ils n'étaient pas en mesure de répudier leur corps. En se faisant les esclaves de Dieu, ils demeuraient tout autant les esclaves d'eux-mêmes.

*

Pour elle comme pour bien d'autres, le corps était loin d'être un mal absolu. La chimie de nos sens contribuait à façonner notre intelligence et à modeler notre esprit. Sans eux, nous ne saurions rien du monde et de nous-mêmes. Nous serions des esprits erratiques privés des racines nécessaires à leur fonctionnement. Notre âme elle-même puisait de toute évidence une grande part de son énergie de la force de nos instincts, ce chef d'orchestre de nos sensibilités premières. Elle était pour sa part fortement

39

persuadée que les plus pures amours, distinctes des amours exclusivement sensuelles, ont leur part d'érotisme, que chacun à un moment de sa vie fait l'expérience envahissante de la fusion de l'âme et du corps. Un bouillonnement obscur, irraisonné, venu des sursauts de la chair, et dont l'âme se trouve saisie ; un embrasement qui nous plonge de façon conflictuelle entre deux instincts concurrents : l'instinct de vie et l'instinct de mort. La vie associée au plaisir de vivre ; la mort suspendue à la douleur d'exister ; que les toutes premières saisons de la vie s'embarrassent fort peu des excès de la sensualité, tandis que la toute dernière, plus consciente des menaces de la mort, accorde davantage à la raison un droit prépondérant sur nos dérèglements ; que nos excès viennent avant tout de cet empressement à vivre avant qu'il ne soit trop tard, sans se préoccuper outre mesure des contraintes morales ; que chacun de nous, selon son style de vie lié aux circonstances du moment, reporte alors à plus tard le temps où la raison reçoit le mandat de venir à la rescousse de nos déséquilibres et de nous conseiller le choix de la juste mesure ; que peu de gens — sans qu'on sache d'ailleurs en quoi consisteraient les exceptions — échappent à ce combat quotidien et pratiquement universel que se livrent la vie et la mort.

Sa grand-mère, sur ce sujet, avait une façon bien à elle de résumer sa pensée : « Chaque chose en son temps. On ne peut vivre et mourir en même temps ».

Elle lui donnait totalement raison, bien que sachant que dès le début de la vie et selon l'horloge du temps et le mécanisme du décompte on commence déjà à mourir. Elle voulait, en ce qui la concerne, racheter son malheur par le plaisir de vivre. Sans s'occuper de la façon dont les autres se l'appropriaient, elle mettait tous ses sens en appétit des moindres détails qui pouvaient les combler : ces fortes pluies qui la surprenaient en plein milieu du chemin et qui l'obligeaient à presser le pas et qui plaquaient ses vêtements à son corps trempé ; celles plus maigrelettes et qui, poussées par le vent, venaient aux heures avancées du soir frapper à la fenêtre de sa chambre et qui lui apportaient pour la nuit les semences de ses rêves. Elle bénissait la saison des pluies, au nom de tout ce qui poussait sur la terre, du plus petit au plus grand, et qui la pénétrant la rendait humide et moelleuse pour les garder en vie, au bénéfice des humains. Pour s'évader des préoccupations et des banalités quotidiennes, elle écoutait à des moments propices, et pour former son goût, certains chefs-d'œuvre de la musique classique. Elle s'enivrait ainsi d'une musique si intense et si variée qu'elle en avait l'embarras du choix. Elle avait fini par inscrire au chapitre de ses compositeurs préférés certains dont les œuvres lui traversaient le corps jusqu'aux racines de son âme. Le *Salve Regina* de Vivaldi et la *Symphonie n° 2* de Brahms — parmi de nombreuses autres pièces encore — la plongeaient dans une telle forêt de sons que, pour éviter de s'y perdre complètement, au risque ne plus revenir à elle-même, elle refaisait le chemin inverse des notes, comme ces cailloux semés par le petit Poucet du conte de Perreault.

La musique lui faisait le plus grand bien. Elle apaisait ses angoisses, calmait l'effervescence aiguë de ses sens. Elle la plongeait dans un univers proche du sacré. Elle y puisait l'énergie nécessaire par ces temps de grands vents de sa vie.

Elle partageait le mystère enraciné dans les entrailles de la Terre et qui assure la germination des semences. Il se mêlait à ses gènes, faisant de son corps une terre vierge en attente de ses nombreux printemps. Elle n'échappait pas aux normes communes des humains. Une expérience non seulement de nature, mais encore d'appropriation, qui devenait sienne. Elle portait en elle, ainsi qu'en tous les autres, cette animalité à laquelle elle ne pouvait totalement résister. Une animalité semblable à celle des animaux et qui expliquait les attirances sexuelles des hommes et des femmes, une attraction que seuls contrariaient, sans jamais les apaiser, les acquis de la conscience et les exigences de la raison.

*

Plus les jours se succédaient, plus elle se sentait exempte de ce que, après Bossuet, le Père Gervais appelait *les tentations de la chair*. À ce stade-ci de sa vie, elle ne s'estimait pas coupable. De son point de vue, l'expérience de chacun ne pouvait se soustraire à ces périodes de troubles et d'hésitations. Elles constituaient plutôt un apprentissage par lequel on devait passer et, en dépit des pièges qu'elles nous tendaient et des ivresses qu'elles nous promettaient, elles nous faisaient prendre l'exacte mesure de nous-mêmes ; un mélange complexe d'erreur et de vérité ; de malaise et de bien-être ; d'abattement et de grâce.

Mais, quand bien même elle s'avouerait coupable de céder aux pulsions de la sensualité, pour rien au monde, et tout comme sa grand-mère, elle ne voudrait recourir au sacrement de pénitence. Elle préférait s'adresser directement à Dieu — comme à un confident. Il ne pouvait d'ailleurs s'en étonner, lui qui nous a dotés de deux forces proches de la mésalliance — celles de la chair et de l'esprit. Il était, plus que ses détenteurs de la moralité, en mesure de la comprendre et de la faire avancer dans la réalisation d'elle-même.

Cette démarche concernant sa relation au divin, pour singulière qu'elle fût, se trouvait bien qu'imparfaite à l'origine de sa foi. Une conviction ne reposant sur aucun argument, sur aucune évidence, et qui procédait de l'impatience de son âme à devenir le pâle reflet de la divinité. Elle en faisait son viatique auquel elle tenait pour traverser les étapes de sa vie. Cet attrait de la foi ne la mettait pas pour autant hors de portée des sollicitations charnelles. Son corps de femme demeurait dans son esprit le point nodal d'attirances multiples ; de formes mouvantes, de chair et de sang, dont son esprit était envahi et préoccupé. Elle s'extasiait à l'idée que parmi tous les êtres que l'on pouvait croiser, au pur hasard des rencontres, des âmes et des corps pouvaient se reconnaître, au point de vouloir s'unir dans l'immédiat et pour le reste de leur vie. De telles rencontres, de tels foudroiements étaient le plus souvent des cas d'exception ; ils n'étaient de surcroît pas à l'abri des fulgurances aveugles que l'on pouvait par la suite amèrement regretter, telles ces notes vagabondes et inexactes en plein cœur d'une symphonie.

*

Malgré les liens qui faisaient d'elle l'amie intime de Jeanne, elle estimait ne pas devoir tout lui dire de son évolution intérieure. Il est en effet des chemins qu'on est seul à parcourir ; plus encore, celui de la foi. On les suit dans le secret le plus total. Si Émilienne se voulait croyante, elle n'avait ni l'intention ni la mission de convertir les autres. Dans les domaines relatifs au monde du mystère, le silence demeurait à ses yeux l'attitude la plus souhaitable. Il est, en effet, des choses que l'on vit sans qu'on ait à les dire. Elle ignorait d'ailleurs si Jeanne était elle aussi encline à une relation pressante avec Dieu. C'était tout compte fait son affaire. Son âme n'était ni la jumelle ni le miroir de la sienne. Elle ne cherchait d'ailleurs d'aucune façon à faire de l'intimité de son amie un livre ouvert. La liberté n'était-elle pas pour chacun des humains le principe et la cause de destins inégaux et la source d'histoires distinctes et exclusives ? Jeanne était Jeanne et elle, Émilienne. Outre la liberté propre à chacun, nos trajets dépendent de généalogies auxquelles nous appartenons, et le milieu d'où l'on vient et où l'on vit marque de leurs sceaux nos efforts à nous inventer nous-mêmes.

*

Émilienne n'était jamais entrée dans l'intimité familiale de Jeanne. Elle savait simplement qu'elle était fille unique, que son père Louis-Frédéric exerçait le métier de géologue et que sa mère Maude avait choisi d'être pédiatre. Jamais,

43

non plus, elle ne l'avait invitée chez sa grand-mère. Pourquoi un tel isolement ? Pourquoi de telles frontières ? Elles ne s'en étaient jamais expliquées. Peut-être qu'inconsciemment elles avaient toutes les deux préféré se construire un monde parallèle et bien à elles, loin des soucis, de l'expérience, et des inquiétudes d'un monde adulte dont, par la force des choses, elles se trouvaient dépendantes. C'était comme si — dans une complicité tacite — elles choisissaient de s'estimer seules au monde.

*

Jamais, de mémoire, elle n'avait croisé Jeanne et ses parents à la sortie d'une messe dominicale. Elle en était arrivée à penser que ses parents dont la profession s'appuyait sur des bases scientifiques avaient préféré se tenir à l'écart du monde religieux et qu'ils étaient du nombre de ceux qui n'accordent leur adhésion qu'à ce que la raison peut vérifier et expliquer — au point de laisser aux philosophes et à tous les croyants du monde toute réflexion sur les mystères cachés et immatériels du monde et de la vie. Elle avait bien sûr connaissance de bien des scientifiques qui se disaient en même temps croyants. Ils n'étaient guère contrariés par la réalité de deux domaines distincts : celui de la science et celui de la foi. Elle était portée à leur donner raison. L'univers, en effet, est loin de s'arrêter aux seules études de notre planète et à son environnement jusque-là accessible grâce aux technologies de nos inventions, quel que soit d'ailleurs le degré de nos progrès technologiques. Elle ne partageait guère plus l'idée que les énigmes dont nous sommes — chacun à sa façon — préoccupés ne le sont que par le retard que met la science à les expliquer. N'étant pas les créateurs du vaste univers où nous sommes provisoirement plongés, nous ne pouvons échapper à une multitude d'incertitudes, peu importent l'époque historique à laquelle nous appartenons et le degré d'évolution de nos sociétés ; nos vérités acquises se perdent inexorablement dans un océan de doutes. Il faudrait au temps la marque de l'éternité pour arriver à comprendre ce qui nous dépasse et ce à quoi nous sommes peut-être conviés. Et là encore, rien ne serait moins sûr...

Elle se disait que les poètes et les mystiques, au travers de leur nuit obscure et de leurs inexactitudes, demeuraient tout autant, sinon plus, que les scientifiques les têtes chercheuses des vérités cachées de notre monde et de notre humanité — au sein d'un vaste univers.

II

La paroisse tout entière avait été secouée par la nouvelle que le Père Gervais, à sa demande et avec l'accord de l'évêque, avait décidé de regagner son monastère. Des bruits avaient couru qu'une dénommée Jacinthe Dauberval s'en était éprise au point de vouloir se confesser à lui avant la messe de six heures tous les jours de la semaine. Des langues s'étaient déliées et dénonçaient, sous le couvert, l'acharnement de cette pénitente à porter atteinte à l'excellente réputation de ce prêtre que bien des fidèles tenaient pour un saint. Antoinette Bérard s'en était elle aussi émue. Elle n'en revenait pas qu'une femme — en si peu de temps — pût commettre autant de péchés et éprouver le besoin urgent de s'enfermer dans l'intimité, pour ne pas dire dans l'alcôve secrète, du confessionnal pour s'en décharger. Elle s'en était ouverte à ma grand-mère qui, en guise de réponse et sur un ton de plaisanterie, lui avait répondu : « Ce spécialiste de Bossuet est pris à son propre piège. Quand on est un si bel homme, on ne choisit pas d'être prêtre. »

Les rumeurs allaient bon train et réveillaient l'imagination des paroissiens. Les multiples intrigues que l'on construisait, dans une telle situation, avaient de quoi étoffer les pages d'un roman, inspirer un dramaturge, et tout autre scénariste friand de mettre en scène des situations où le scandale se mêle à la grandeur, et le péché aux impulsions les plus nobles. On traitait Jacinthe Dauberval de diablesse. Elle profitait, disait-on, de ses attraits pour tenter son confesseur, le détourner de sa vocation et mettre en péril son âme. Certains allaient jusqu'à dire, dans ce combat du sacré et du profane, qu'elle prenait un malin plaisir à le faire, dans le simple but de mesurer la puissance qu'elle pouvait exercer sur une âme ayant acquis une si grande expérience du divin. Elle en voulait particulièrement à son vœu de chasteté qui faisait de son corps, au plus secret de son âme, un fruit défendu. On la comparait à un voleur par effraction dans des demeures parfaitement closes. On disait également d'elle que, dans sa perversion et son entêtement à désacraliser ce qui dépassait les seules valeurs humaines, elle se comportait comme une profanatrice de monde surnaturel. Tous ces ragots avaient à ce point élargi leur clientèle que même des non-croyants qui ne fréquentaient aucune église venaient à tour de rôle assister au rendez-vous amoureux de Jacinthe Dauberval avec son confesseur. Elle était d'ailleurs jusque-là célibataire ; il était facile de lui prêter, même à tort, la nécessité urgente de combler dans sa vie de femme un besoin hautement existentiel.

Ma grand-mère, devant l'ampleur des cancans et des commentaires concernant madame Dauberval, avait fini par éprouver un vif sentiment d'exaspération. Elle en voulait à tous ceux qui se repaissaient des prétendus rapports illicites dont ils accablaient la pauvre femme qu'ils traînaient déjà et sans aucune preuve devant un tribunal populaire. Quand bien même ce serait vrai, affirmait-elle, cela ne regarde personne d'autre qu'eux-mêmes. Leur foi respective ne les exempte guère des attributs propres à la nature humaine. L'amour de Dieu, insistait-elle, ne peut en aucun cas détruire l'amour humain, et les mouvements de l'esprit n'ont guère pour fonction de faire fi de ceux du corps.

Émilienne admirait chez sa grand-mère son sens de la pondération qui l'incitait dans les ouï-dire et les suppositions exagérées à faire la part des choses, à mesurer le pour et le contre ; une sorte de sagesse qui lui venait de sa formation et de son expérience acquise dans l'enseignement de la philosophie. Elle éprouvait certes de l'aversion pour toute forme de bondieuserie et de tartuferie, mais elle s'élevait contre les médisances gratuites et sans fondement susceptibles de ruiner la réputation d'autrui.

*

Les faits, dans le cas de Jacinthe Dauberval, devaient lui donner raison. Le jour de Pâques, dans une église comble pour la grand-messe devant fêter dans la joie la résurrection du Christ, les cloches sonnant à toute volée et l'organiste tout entier occupé à emplir la nef de la symphonie en ré majeur de Jean-Sébastien Bach, tout était prêt pour la célébration de la victoire de la vie sur la mort. Au moment où Monseigneur Dubois, entouré du diacre et du sous-diacre, faisait son entrée dans le chœur, l'assistance se mit debout au son du claquoir du maître de cérémonie et la chorale entama l'ouverture de la messe en si mineur de Bach.

Tout dans l'église, sauf un point, respectait l'ordre coutumier du cérémonial. Madame Dauberval, en effet, se trouvait au milieu des religieuses, dans la première rangée de l'espace réservé à une délégation de moniales du couvent des bénédictines. Une telle présence distrayait de leur recueillement un grand nombre de fidèles, principalement ceux qui se trouvaient sur les bas-côtés dont certains détournaient complètement la tête dans la direction de madame Dauberval alors que d'autres jetaient de temps à autre vers elle un regard furtif. À le constater, on pouvait se demander si les religieuses cherchaient à la protéger de la malveillance dont elle était l'objet ou si plutôt elles cherchaient à déverser sur elle les grâces de Dieu qui la délivreraient des tentations qu'on lui soupçonnait.

Le moment de l'homélie venu, le Père Gervais avait gravi les marches de la chaire, dominant de sa prestance et de son charisme l'auditoire des fidèles. Après avoir remercié monseigneur Dubois qui à l'occasion de Pâques honorait de sa présence la paroisse Sainte-Geneviève, il commença son prêche dont le thème choisi était « le péché et la grâce ». Il exhortait particulièrement les fidèles à se sortir, en raison de leur foi, des limbes des ténèbres et à rejoindre la lumière du Christ ressuscité. Nous sommes tous des pécheurs, soulignait-il, et la grâce nous est donnée en dépit — si ce n'est pas en raison — de nos imperfections. Notre condition humaine nous impose la plus grande humilité et nul ne peut en matière de spiritualité se mettre à la place de Dieu et s'octroyer le droit de juger et de mépriser autrui.

C'était à se demander dans l'assistance si le Père Gervais n'avait pas eu vent des propos méchants dont Jacinthe Dauberval avait été l'innocente victime. Quant aux allusions dont il avait été l'objet et qui supposaient chez lui un attachement charnel pour madame Dauberval, rien de son prêche ne le laissait deviner.

Ceux qui le connaissaient et qui avaient eu le privilège de l'approcher étaient pleinement convaincus que de telles allégations, loin de nuire à sa vie intérieure, l'enrichissaient au contraire, au point de la féconder. Comme la plupart des mystiques, il avait appris à profiter des insinuations malveillantes à son égard pour élever son âme et partager le rejet et les souffrances du Christ bien avant sa résurrection. Plongé dans ses oraisons matinales et le mystère du recueillement, il l'implorait fréquemment de lui donner accès, au terme de sa vie terrestre, à la lumière de sa résurrection, l'ultime victoire de la vie sur tout ce qu'il y a d'éphémère et de mortel.

Au terme de sa prédication, il commenta avec insistance ces paroles de Jésus selon Saint-Jean : « Mes brebis écoutent ma voix, je les connais et elles me suivent ; je leur donne la vie éternelle ; elles ne périront jamais et nul ne les arrachera de ma main. » Je vous laisse ces paroles en héritage avant de prendre congé de vous, avait-il noté. Cet aveu avait secoué l'assistance et attiré son attention. Elle s'attendait à plus d'explications de sa part. Le silence s'était fait étourdissant. Les paroissiens étaient comme figés ; d'aucuns s'interdisaient même de tousser. Vous saviez, avait-il rappelé, que je vous avais été prêté. Le temps est venu de regagner mon monastère et de reprendre ma vie monastique. Soyez sûrs que vous garderez une place spéciale dans mes pensées, dans mes prières et dans mon cœur. Je tiens avant de prendre congé de vous, avait-il poursuivi, à vous présenter mon remplaçant. Il s'était retourné en direction du chœur. Il s'agit de l'abbé Geoffroy de la Bourdette auquel vous ferez, tout comme à moi, un chaleureux accueil.

Le père Geoffroy de la Bourdette, prêtre séculier, appartenait au même diocèse. Monseigneur Dubois l'avait, dans une perspective de mobilité du clergé, affecté à la paroisse Sainte-Geneviève. Autant le père Gervais avait tout d'un contemplatif, autant l'abbé de la Bourdette se donnait pour un observateur de la réalité et des problèmes du monde. S'inspirant de la doctrine sociale de l'Église telle que précisée par le pape Léon XIII, il voulait mettre l'évangile au service des déshérités de la société et dénonçait l'écart entre la richesse des uns et l'extrême pauvreté des autres, au détriment de leurs droits naturels et de la justice sociale.

Le père de la Bourdette n'avait d'aristocratique que le nom. Physiquement, il était tout l'opposé du père Gervais. Le crâne légèrement dégarni, il était plutôt de forme trapue et de taille moyenne ; grassouillet et ventripotent. Sur le plan de la beauté, on ne pouvait prétendre qu'il avait été choyé par la nature. Une telle disgrâce devait sans doute convenir aux paroissiens qui ne souhaitaient pas qu'un prêtre soit source de tentations et de convoitises.

Pour rejoindre les idées, que l'on prêtait au nouveau prêtre devant lui succéder, et qui faisaient sa renommée, le père Gervais avait choisi de rappeler dans son homélie le contenu du *Sermon sur la Montagne* que Jésus avait livré aux disciples qui l'avaient suivi :

« Heureux les pauvres en esprit, car le Royaume des Cieux est à eux. Heureux les affligés, car ils seront consolés. Heureux les doux, car ils posséderont la terre. Heureux les affamés et assoiffés de justice, car ils seront rassasiés. Heureux les miséricordieux, car ils obtiendront miséricorde. Heureux les cœurs purs, car ils verront Dieu. Heureux les artisans de paix, car ils seront appelés fils de Dieu. Heureux les persécutés pour la justice, car le Royaume des Cieux est à eux. Heureux êtes-vous quand on vous insultera, qu'on

51

vous persécutera, et qu'on dira faussement contre vous toute sorte d'infamie à cause de moi, car votre récompense sera grande dans les cieux. »

Cette toute dernière béatitude avait eu pour résultat de plonger une bonne partie de l'assistance dans une sorte de contrition causée par le remords d'avoir outrageusement dénigré la vertu de madame Dauberval. Le moine capucin avait à cet égard visé juste en choisissant ce texte de l'évangile selon Saint Mathieu. Du haut de la chaire, il avait une vue plongeante sur la quantité de têtes baissées en guise de repentance et de demande de pardon. Le sentiment qu'il en retirait n'avait rien d'une revanche, moins encore d'une vengeance. Il louangeait plutôt l'effet que pouvait avoir sur les cœurs et les âmes la seule parole du Christ. Il avait lui-même, depuis son entrée dans les Ordres, suffisamment médité sur bien des textes bibliques pour en comprendre les effets. L'expérience monastique — on le présumait du moins — l'avait mené à comprendre que le vide intérieur, en retrait des préoccupations terrestres, le plus souvent mesquines, était lié au domaine du divin. Une expérience à ce point profonde que, sur un autre plan que celui de la seule raison, l'esprit de l'homme se trouvait avoir pour destination autre chose que lui-même.

Pour terminer son homélie, il avait ce jour-là exhorté les fidèles à rejoindre le Christ sur la montagne des béatitudes, à s'inspirer de sa sagesse tant dans leur vie individuelle que dans leurs rapports avec les autres. Il avait aussi pris soin de leur rappeler qu'ils faisaient partie du *corps mystique* du Christ et que, peu importent leurs différences, leurs choix et leurs travers, ils étaient enveloppés de la même lumière salvatrice.

Cet homme devenu moine était tout ensemble un homme de foi et d'humanité ; deux éléments qu'on ne pouvait, à le voir agir et à l'entendre, aucunement dissocier. Agathe Frémond, à l'entendre, n'avait pas pu s'empêcher de l'apprécier et de le tenir pour « un honnête homme ».

Toute l'assistance s'était trouvée brusquement secouée quand il avait annoncé aux fidèles la décision longuement mûrie de Jacinthe Dauberval de devenir une missionnaire laïque et de consacrer le reste de sa vie au service des orphelins d'Afrique. Il l'avait alors priée de bien vouloir se lever. « J'ai eu le privilège, avait-il confessé, de l'assister dans sa démarche spirituelle et de m'assurer du bien-fondé de ses intentions. Je vous prierais de vous joindre à mes prières et de lui souhaiter, dans la foi et la solidarité évangélique, la meilleure des réussites. » Pour ceux qui avaient fait d'elle une femme esseulée en quête d'un amour interdit, cette annonce avait eu l'effet d'une tempête intérieure balayant les préjugés nés d'une méchanceté mesquine. Monseigneur Dubois, ému par ce don qu'elle faisait d'elle-même, s'était levé de son siège et n'avait pu s'empêcher de l'applaudir, ce qui, à son exemple, déchaîna dans l'église une salve d'acclamations. Madame Dauberval, que bouleversait un tel témoignage, auquel elle ne s'attendait guère, s'était enfin rassise et avait repris sa profonde méditation. Au moment de la communion, l'évêque — après lui avoir remis le corps du Christ — s'était penché vers elle pour lui chuchoter quelques mots que l'on supposait de félicitations et d'encouragement.

*

Pour cultiver leur amitié, Agathe Frémond et madame Bérard s'étaient mises d'accord pour se revoir aux deux semaines et à tour de rôle. Lors de ces rencontres, elles en profitaient pour se dégourdir les jambes, se plonger dans le va-et-vient des passants. Cela leur rappelait le temps passé de leur jeunesse ; un temps plein d'insouciance et de désinvolture où leurs rêves les plus fous leur semblaient atteignables, et où leurs allées et venues, au cœur de la rose des vents de l'étonnement et des désirs, n'avaient pour seul plaisir que le simple fait d'exister. Un entre-temps durant lequel leur expérience de la vie leur tenait lieu et de philosophie et de littérature ; et où les livres qu'elles lisaient ne les captivaient que s'ils s'inspiraient de celui non écrit et sans auteur — celui de la connaissance encore fraîche de soi et du monde.

Lorsque madame Bérard était invitée par son amie Agathe, il arrivait à Émilienne de prêter l'oreille à ce qu'elles se disaient. Elle aimait les entendre parler de leurs années folâtres du temps de leur jeunesse ; des années d'insouciance où elles paraissaient heureuses. Mais quand il était question des moments sombres et difficiles du temps où elles étaient adultes, Émilienne se donnait un prétexte pour se retirer, et ne pas ajouter, avant le temps, les épreuves de sa grand-mère et les adversités de madame Bérard à ses souffrances dont sa courte vie était déjà peuplée. Au lieu de s'aventurer à tout connaître d'un âge qui n'était pas le sien, elle préférait se confiner en elle-même et cultiver en son for intérieur — à titre de réflexe et d'écran — la patience à l'égard de son avenir. Elle ne souhaitait pas se vieillir avant l'âge.

Elle avait été frappée un jour par une remarque plus que surprenante de madame Bérard : « À force d'aider les autres, on finit par ne plus pouvoir s'aider soi-même. »

Venant d'elle, cette petite phrase quelque peu amère et qu'elle n'arrivait pas à déchiffrer lui faisait penser à l'énigme du sphinx…

*

Depuis l'arrivée du père Geoffroy de la Bourdette, l'état d'esprit d'Antoinette Bérard s'était lentement altéré. Elle se trouvait troublée et comme prisonnière de deux mondes. Celui du père Gervais, tourné vers la méditation et la contemplation — auquel, depuis fort longtemps, elle s'était habituée, et qui correspondait à sa propre nature ; celui, en revanche, du père de la Bourdette, dirigé plutôt vers l'action et fortement préoccupé par les lacunes, les contradictions, et les blessures sociales.

Désorientée comme elle l'était, elle avait décidé de s'imposer un congé de toute action et de laisser à d'autres le soin de prendre part aux œuvres de la paroisse. Un tel vide ne lui valut pas que du bien. Elle avait eu beau revoir ses auteurs préférés, se plonger dans la mémoire de leurs œuvres, en extraire les passages dont elle avait fait l'étude auprès de ses élèves, ce retour à ce passé plein de bons souvenirs, loin de stimuler son énergie, l'avait plutôt endeuillée au point de l'affaiblir. Elle se couchait plus tôt que d'habitude et se levait plus tard. Elle passait de longues heures auprès de sa fenêtre à regarder sans voir et à contempler le vide. Elle qui aimait tant cuisiner et se préparer de bons petits plats, se satisfaisait d'une alimentation plutôt frugale et ascétique, comme si elle avait fait le vœu de se punir, à la manière des anachorètes et des flagellants qui dans leur acharnement à libérer leur âme s'en prenaient à leur corps jusqu'à le faire dépérir. Un jour sur deux, elle réchauffait les restes de la veille. Le moindre excès à l'intérieur de ce jeûne rituel lui faisait rendre tripes et boyaux. Quand elle sortait de chez elle pour faire quelques courses, son cabas, tout comme elle, était maigre de provisions. À voir son visage émacié et son extrême minceur, ceux qui l'avaient déjà croisée au hasard de leurs allées et venues lui prêtaient une maladie grave. Pour éviter d'être approchée et de devoir répondre à des questions indiscrètes, feignant de ne pas les voir, elle baissait la tête et, en dépit de son peu d'équilibre, pressait le pas — en se traînant les pieds.

La grand-mère d'Émilienne s'étonnait de ces changements si brusques qui mettaient en péril la santé physique et la stabilité psychique de celle qui était devenue son amie. Elle se devait de lui venir en aide, d'autant que leurs rendez-vous bimensuels n'avaient plus la même régularité et qu'il n'était plus question pour madame Bérard de se rendre jusqu'à chez elle. Elle n'en avait ni la force ni le goût. Toutes les fois qu'elle la voyait, elle la trouvait dans un état d'apathie et de totale indifférence. Il fallait de toute urgence la sortir d'une telle désolation qui avait toutes les marques d'une sévère dépression. Elle était devenue tout le contraire d'elle-même. Rien ne semblait l'intéresser. Elle lui répondait par des « oui », des « non », des « peut-être ». Sa phrase la plus longue était : « Je m'en tirerai toute seule. » Quand, cherchant à lui faire entendre raison, elle avait un tant soit peu élevé la voix dans le but de la secouer, elle n'avait même pas la force de la moindre colère. Recourant alors à toutes les ressources de la négociation et au nom de cette belle amitié qui les avait jusqu'ici rapprochées, elle avait fini après maintes tentatives à la convaincre de se laisser soigner. Elle avait pris sur elle de la conduire chez un médecin de sa connaissance, le docteur Bernard Gosselin, spécialisé dans les cas de patients ayant tous les symptômes d'une détresse psychologique.

Après l'avoir auscultée et lui avoir posé quelques questions susceptibles de mettre en contexte ce que son examen lui avait permis de comprendre, il lui avait fortement suggéré, compte tenu de ses réponses plutôt décousues, de consulter dans les meilleurs délais le docteur Jean-Mathieu Pringent, psychiatre de grand renom. Pour ne pas la heurter et la mettre en confiance, il avait utilisé le ton qu'il fallait. Elle lui avait répondu par un oui à peine audible. Il s'était alors empressé de communiquer avec le médecin-psychiatre, et avait pu obtenir de lui un rendez-vous urgent.

En attendant, il lui avait préparé une prescription comportant de quoi la détendre, de réduire son anxiété, et d'atténuer son état de grande faiblesse. Avant de prendre congé d'elle, il avait pris soin de remettre en main propre la prescription à Agathe Frémond, tout en lui disant : « Prenez grand soin d'elle ; elle a besoin de votre aide ; elle ne s'en sortira pas toute seule. »

Elle n'avait guère eu besoin qu'on le lui dise pour décider de s'occuper de celle qui au fil des jours était devenue sa très grande amie. Elle n'avait pas eu trop de mal à la convaincre de prendre logement chez elle jusqu'à son plein rétablissement. Une chambre lui avait été préparée à cet effet, ce qui lui évitait toutes les corvées domestiques. Elle voulait surtout s'assurer qu'elle prendrait les médicaments prescrits, indispensables au recouvrement de sa santé.

Elle avait pris la précaution de la nourrir de façon graduelle : des bouillons ; des potages aux légumes de son jardin, passés menus ; des aliments solides, en tout dernier lieu. Cette façon de l'alimenter lui redonnait vie. Une résurrection progressive dont elle se réjouissait. Le teint presque olivâtre d'Antoinette Bérard reprenait ses belles couleurs ; ses yeux retrouvaient leur luminosité ; elle reprenait le chemin de la conversation et celui de l'humour. À ce point que ma grand-mère n'hésitait plus à la taquiner et à lui demander comment elle avait trouvé son tête-à-tête avec le psychiatre.

Sans lui révéler ce que cette séance avait eu de très confidentiel, Antoinette lui avait fait part de l'idée qu'il se faisait de la religion et du sentiment religieux — celle d'un athée des plus convaincus, qui toutefois, et en raison de sa profession, ne manquait pas de tolérance. Elle en voulait pour preuve cette remarque plus que surprenante : « La religion, bien sûr, détient quelques vertus. Elle sert, parmi d'autres trouvailles, de thérapie à ceux qui n'arrivent pas, à partir d'eux-mêmes, à se sortir de leurs problèmes et de leur sentiment d'inutilité. Mais, elle est aussi porteuse de dommages et de destructions : inoculant au plus profond des âmes le sentiment de culpabilité, elle fait de ses fidèles convaincus de leur damnation des êtres en attente de rédemption. C'est, à mon sens, la plus insidieuse des conditionnements. La tentation des religions s'inscrit en chacun de nous. Moi aussi, je suis passé par là. Libérez-vous-en, et vous vous sentirez beaucoup mieux. Choisissez plutôt les remèdes qui sont à votre portée. » Sur le moment, dans l'état de torpeur où elle se trouvait, elle était incapable de se demander si cette remarque et ce jugement sur la religion ne contrevenaient pas à son éthique professionnelle. Ce dont elle se souvenait, c'est que ces mots, au travers de son âme, s'étaient profondément enracinés dans sa mémoire, au point de se détacher de son auteur et de devenir les siens.

Agathe avait jugé bon de ne pas se prononcer dans un tel débat, trop heureuse de la laisser parler, comme si après une longue aphasie elle avait retrouvé la mémoire des mots, l'art de les assembler pour en faire des phrases et restituer dans un langage complexe les idées les plus fines. Elle était ravie de la voir recouvrer le goût et de l'expression et de la formulation. C'était, sans le dire, le signe qu'en plus de l'amélioration de sa santé physique, elle était bien dans sa tête.

Comme on fête une renaissance, les semaines qui suivirent furent celles de réjouissances. Finis les consommés, les nourritures molles que d'ordinaire on sert dans les hôpitaux. Finis les appétits d'oiseaux. Le temps était venu de mettre les petits plats dans les grands, de célébrer le corps comme on le fait du printemps. Une nourriture variée, accompagnée de bons vins. La salle à manger était devenue le lieu quasi rituel d'un retour à la vie. Des bouquets constitués de fleurs du jardin soigneusement apprêtées ; parmi lesquelles les préférées d'Agathe, des fleurs rose saumon assorties de fleurs violettes ; une lumière ouatée aux heures du dîner ; au-dessus de la crédence, un cadran enchâssé dans un bibelot, dont les aiguilles immobiles semblent arrêter le temps. Une atmosphère intime où le plaisir des agapes se mêle aux affaires de la vie.

Antoinette Bérard n'était plus cette loque humaine terne et maussade. À la regarder aller, l'idée que l'on se faisait d'elle d'une existence en sursis avait totalement disparu. Elle avait certes son âge, mais la sève de la vie avait comme retrouvé le chemin de son corps et de son esprit. Le moment était venu pour elle de retourner chez elle. « Vous m'avez tirée d'affaire. Je ne vous serai jamais assez reconnaissante, avait-elle tout simplement dit. Vous m'avez ramenée à la vie.

Je dois à présent retourner à mes occupations quotidiennes. Je m'en irai lundi matin. »

Malgré leur grande intimité, ni l'une ni l'autre n'avaient consenti à se tutoyer. Il fallait peut-être y voir une marque de respect mêlé à une certaine pudeur, ou encore le besoin absolu de protéger un habitacle intérieur que nul autre ne devait violer — un Saint des Saints de la pensée, du cœur et de l'esprit, respectueux de leurs différences et de chacune de leur vie.

Le soir précédant son départ, un repas aux chandelles lui avait été préparé — et qui avait été gravé dans la mémoire d'Émilienne ; pas celui des amoureux, mais plutôt celui de vieilles âmes, venues d'un monde lointain, et qui avaient fini par se reconnaître. Une célébration dont sa grand-mère n'avait pas jugé bon de l'exclure, mais dont elle devait au contraire être non seulement la spectatrice, mais le témoin. Tout avait été prévu pour créer cette atmosphère feutrée où l'ombre se mêlait à la lumière, et qui conférait à ce repas d'adieu une dimension proche de celle des sanctuaires à laquelle Antoinette Bérard s'était durant de longues années accoutumée.

La table rectangulaire, d'un brun rougeâtre, de la salle à manger avait été revêtue d'une nappe blanche ajourée comme celle d'un maître-autel, et le fumet des mets aux épices variées embaumait la salle aussi bien que l'encens. Sa grand-mère et Antoinette Bérard dont l'émotion était grande faisaient usage de phrases courtes et sobres, entrecoupées de silences chargés de sens que recouvrait en sourdine, depuis le salon, une musique plus qu'intangible — des préludes de Chopin, des trios à cordes de Mozart, des concertos de Bach et ce cantique liturgique dont la beauté embrasait l'âme tout entière, « Jésus, que ma joie demeure ».

*

59

Au hasard d'une conversation, Émilienne avait été frappée par une remarque de sa grand-mère : « Je me demande, lui avait-elle avoué, comment j'ai pu enseigner quand j'ai si peu appris.»

Le champ, pourtant immense, de ses connaissances lui paraissait si dérisoire par rapport à ce qu'elle ne savait pas encore et qui dépassait toutes les possibilités de son esprit que le savoir dont jusque-là elle s'était servie lui paraissait un non-savoir. Sa grand-mère rattachait une telle impression, pour ne pas dire une telle évidence, à ce que l'éminent philosophe juif Moïse Maïmonide (1135-1204) qualifiait de *nescience* — plongeant ainsi le fait de connaître au cœur d'un grand mystère.

Un tel sentiment était tout à son honneur, et il devrait servir d'exemple à tous ceux qui choisissent le chemin de la connaissance — les gens que l'on dit ordinaires et plus encore les professeurs d'université. Elle lui avait alors expliqué dans le détail que le savoir humain étant partagé, nul ne pouvait donc se glorifier d'en posséder l'universalité, chacun ne détenant qu'une toute petite parcelle d'un tout en perpétuelle évolution. Il existe à la fois, lui disait-elle, une histoire et une géographie du savoir. Selon l'époque et le lieu, les savoirs sont plus solides que d'autres, et les plus grands savants du monde n'enferment pas dans leur tombe ce qui reste encore à comprendre ; et chaque enfant qui naît porte en lui, en ce domaine, quelque chose de l'avenir de l'humanité.

Elle lui avait conseillé, à elle qui bientôt aurait à fréquenter l'université, de se ranger plutôt dans le camp de ceux qui ont pour devise *l'humilité du savoir*, et de ne jamais faire comme ces fats qui s'estiment indispensables et irremplaçables, alors que la mort des plus illustres connaisseurs n'empêche pas la terre de tourner.

Même si, sur le moment et à l'époque, elle n'avait pas été en mesure de tout comprendre de ce qu'elle disait, elle lui avait promis — pour ce qui est de l'essentiel, celui de la

60

suffisance et de l'orgueil qu'elle avait pris soin de lui résumer — de ne jamais l'oublier.

Ce ne sera que bien plus tard qu'Émilienne finira par se rendre compte du rapport existant entre l'aveu de sa grand-mère et son regret de n'avoir pas su deviner chez son amie le désastre intérieur dont elle était accablée.

*

Après le départ d'Antoinette Bérard, Agathe avait éprouvé le besoin de reprendre son souffle et le rythme habituel de ses occupations. Elle avait en effet consacré une part importante de son énergie à la convalescence de son amie. Contrairement à ses habitudes, et après avoir remis de l'ordre dans la maison et ses propres affaires, elle avait jugé opportun de changer d'air et de prendre avec Émilienne une bonne semaine de vacances près de la mer. Elle avait choisi pour cela une station balnéaire à une centaine de kilomètres de chez elle et réservé un petit studio ayant vue directe sur la baie. Au lieu de l'autocar, et pour plus de confort, elle avait choisi le train. Émilienne se réjouissait à l'idée de se trouver près de la mer. En plus de respirer l'air salin, cela raviverait l'affection et l'intimité complice qui avait fait de sa grand-mère une deuxième mère.

Dans le train, elles avaient eu la chance de se trouver face à face et d'occuper des places près de la fenêtre. Si elles voyaient chacune défiler les paysages, Émilienne se demandait si au juste elles percevaient les mêmes choses. Elle se disait que, peut-être, ces paysages qui disparaissaient dans la direction opposée à celle du train ne la ramenaient pas à son enfance et à son passé, alors qu'elle ne pensait qu'à son avenir. Elle essayait, attentive à la mémoire qu'elle en avait, de deviner ce qu'avait pu être son existence de petite fille et de jeune fille.

Elle avait beau fouiller dans ses souvenirs, elle avait peu de chance d'y arriver puisque sa grand-mère en avait fait quelque chose d'interdit et un secret bien gardé. Elle ne se remémorait que cette petite phrase qui dans sa tête d'enfant l'avait non seulement intriguée, mais terrassée — « de ma pauvre vie, il ne reste que moi-même ». À tel point que, telle une obsession, elle avait fini par en faire à sa manière l'intrigue d'un roman.

Elle s'imaginait que ses parents étaient trop pauvres pour la garder, qu'ils trouvaient qu'elle leur serait un trop lourd fardeau et qu'elle serait malheureuse. Elle n'osait penser qu'ils ne s'entendaient pas, au point de la détester, ou même de reporter sur elle l'échec de leur union ; mille autres suppositions de ce genre…

Elle avait envie de crier à sa grand-mère « raconte-moi enfin mon histoire », mais elle craignait d'essuyer un refus, ce qui aurait pour résultat de raviver encore plus ses souffrances. Ces pensées qui lui traversaient l'esprit demeuraient trop sensibles et tellement opaques. Elle devait se faire une raison et attendre des moments plus propices, de la même façon dont, par temps d'orages, d'éclairs et de pluies, on s'arme de patience jusqu'à ce que les furies d'une nature déchaînée se calment et s'assoupissent, et que la voûte céleste retrouve sa fraîcheur et sa vêture d'azur. Et puis, somme toute, ces vacances au bord de mer n'avaient-elles pas d'autre motif que de lui offrir le loisir de l'oubli et de la saine détente ?

*

Leurs valises défaites, et leur linge rangé, il leur fallait faire quelques provisions. « Viens avec moi, lui avait proposé sa grand-mère, cela nous donnera l'occasion de visiter les alentours. » Émilienne se réjouissait de cette invitation. Munie d'un cabas, sa grand-mère, en dépit de son âge et de la fatigue du voyage, avait adopté, contrairement à son habitude, une démarche plus alerte. Elle lui disait qu'elle pressait ainsi le pas, non seulement pour ne pas attirer l'attention des passants, mais aussi pour se donner l'air de partager sa jeunesse. Émilienne ajustait, bien sûr, ses pas sur les siens. La coquetterie de sa grand-mère n'avait bien sûr aucun effet. Bien des gens, les croisant, détournaient la tête à leur passage. De toute évidence, ils ne la prenaient pas pour sa fille. Ils se doutaient, au premier coup d'œil, qu'elle était bel et bien sa petite-fille et qu'elle était quant à elle sa grand-mère. Elle en était amusée, car sa grand-mère faisait mine de ne pas les voir.

Dans les allées du magasin d'alimentation du coin, elle lui demandait plus d'une fois ce qui lui ferait plaisir. Une telle attention réveillait en elle le souvenir de la mort de sa mère. Elle aurait tant aimé qu'elle fût là. Elle se l'imaginait à la place de sa grand-mère. Dans sa tête, les traits de celle-ci s'effaçaient et les siens à mesure se précisaient exactement comme sur la photo au chevet de son lit. Elle se transformait alors en petite fille enjouée lui tenant la main, insouciante de tout sauf de l'amour qui les liait. Elle savait pourtant qu'elle n'était pas là, mais elle faisait comme si elle était revenue de ce monde de là-bas. Malheureusement, cela ne pouvait durer. La voix de sa grand-mère la ramenait à la réalité. Elle n'était pas celle de sa mère que, pour son malheur, elle n'avait jamais entendue. Sa grand-mère reprenait ainsi le dessus et le rêve dont elle s'émerveillait s'évanouissait telle une absence à l'éveil de l'aube.

*

Elles étaient toutes les deux descendues à la plage. Pour leur commodité, sa grand-mère avait loué un parasol et deux fauteuils pliables. Il faisait beau ce matin-là et les flots turquoise qu'aucun vent fort ne soulevait leur donnaient l'envie d'en profiter. Le drapeau de plage était vert et les maîtres-nageurs, du haut de leurs perchoirs, semblaient ravis de surveiller les nombreux baigneurs ainsi que leurs ébats. Dans le train qui les menait à cette station balnéaire, elle s'était demandé si sa grand-mère, plutôt que de se baigner, n'allait pas préférer, à l'instar des vieilles dames, s'installer en face de l'océan, pieds nus dans le sable, et un large chapeau sur la tête, lisant un roman léger ou parcourant des revues où les images occupent plus de place que le texte. Elle s'était trompée. Sous son peignoir de plage, elle portait un maillot de bain d'une pièce et se pressait de l'accompagner jusqu'à la mer, ne trouvant rien à redire de son bikini plutôt aguichant. S'étant fait donner dès son jeune âge des cours de natation, Émilienne s'était empressée de gagner le large, jusqu'à une bonne quinzaine de mètres du rivage, où beaucoup de jeunes de son âge s'ébattaient. Sans se connaître, ils formaient une bande joyeuse, semblable à ces poissons de mer d'une même espèce. Dans un va-et-vient incessant, et aussi dans l'intention de se reposer en prenant pied, elle revenait à l'endroit où se tenait sa grand-mère, puis regagnait le large. Deux mouvements caractérisaient la baignade de sa grand-mère : le mouvement debout assis sans dépasser le menton ; un autre, plus osé, consistant dans une démarche chaloupée et sautillante, du pied gauche vers le pied droit, et inversement. Jamais, elle n'aurait osé mettre sa tête sous l'eau ; elle en avait une peur bleue, de crainte de s'étouffer. Elle se contentait de prendre dans ses mains un peu d'eau de mer et d'en asperger son visage. Conformément aux signes du zodiaque, elle était résolument du signe d'air, celui du Verseau, contrairement à elle qui appartenait au signe d'eau, celui du Cancer.

*

Elle se demandait, sans en faire un sujet de discussion avec sa grand-mère, à quoi au juste pouvait servir le vieillissement. En constatant les rides de son visage, sorte de cartographie du temps, ainsi que la flaccidité de ses bras, elle cherchait à savoir si la détérioration progressive du corps n'avait pas pour fonction de libérer l'esprit de son enveloppe charnelle, tout comme la chrysalide se transforme, le moment venu, en papillon ; une transmigration conférant par le déploiement de ses ailes la pleine ambition de l'espace.

Revenant au cas de sa grand-mère, elle se disait que le vieillissement dont elle était marquée lui avait transmis une sagesse à la lisière d'un monde nouveau qui n'était pas encore le sien. À un an de sa majorité, son corps encore tout neuf hébergeait une âme beaucoup trop légère en raison de son inexpérience de soi et du monde. Contrairement à sa grand-mère, elle appartenait encore à cette catégorie des âmes naissantes à la recherche du chemin qui serait le sien. Elle savait trop peu d'où elle venait, encore moins qui elle deviendrait. L'avenir dont elle ferait un jour la signature de sa vie lui était encore inconnu. Elle en avait peut-être une vague idée dans les projets successifs qu'elle s'inventait ou dans les rêves que son imagination parcourait, elle n'était que l'auteure virtuelle d'une réalité encore abstraite, au beau milieu d'un désert dont elle ne connaissait ni les dimensions ni les coordonnées. Elle éprouvait le sentiment d'être seule et enfermée en elle-même et, tout comme celui qui prend la décision de consacrer une part importante de sa vie à écrire, elle avait peine à se libérer de l'impression tenace d'être devenue l'ermite de sa propre solitude.

*

Elle prenait elle aussi – au même titre que les autres – le risque d'exister. Sa vie ne ressemblait à celle d'aucune autre. Elle devait s'inventer sans passer par un modèle préfabriqué. Elle avait son propre canevas à remplir, en fonction de ses choix, des actions qu'elle poserait, des caprices de sa liberté et des pièges de sa sensibilité. Le plus dur était de désembrouiller en elle l'imbroglio des forces contradictoires dont elle était tiraillée et qui faisaient d'elle un être approximatif, d'occasion et de circonstance ; un être imparfait, soumis à un improbable achèvement. Plus elle

65

avançait en âge, plus elle éprouvait le sentiment de s'éloigner de la protection amoureuse de sa grand-mère dont elle avait fait jusque-là son bouclier. Même au milieu de la foule, elle se jugeait en plein désert d'elle-même.

*

Dès l'éveil de sa conscience, dans le jardin à l'arrière de la maison, elle s'était extasiée devant le miracle des semailles et des récoltes. Elle avait pris un vif plaisir à voir naître et pousser les rosiers, à s'imprégner des odeurs de la terre, à envier le miracle dont elle était gratifiée, rien qu'à constater tout ce qui sortait de ses entrailles : un foisonnement de vies, d'êtres et de choses qui la fascinaient. Cette nature, au service des humains, devait à tout jamais lui paraître, et de beaucoup, le meilleur modèle et la meilleure école. Tout partait d'elle et tout lui revenait. Bien qu'il existe en elle des aspects menaçants, des colères redoutables, elle demeurait pourvoyeuse de vie, d'équilibre et d'émerveillement. La science elle-même y trouvait ses premières expériences. Cependant, une fois admise la relation native entre l'humain et la nature, force lui sera de constater que l'Homme s'était vite octroyé non seulement le pouvoir de construire, mais aussi celui de détruire. Certaines de ses actions, en effet et pour des motifs autres que la nécessité, dépassent tout entendement. Si les savants eux-mêmes s'en plaignent et nous avertissent, l'évolution du monde, dans un aveuglement condamnable, continue de s'en soucier fort peu, comme si de rien n'était, créant ainsi cette guerre tenace et dangereuse entre la réalité utile et la nature mère, attentive à nos besoins et aux conditions de notre survie.

*

Plus elle grandissait, plus elle constatait que la normalité n'était qu'une approximation, presque une commodité du langage, et qu'aucune personne au monde, elle comprise, ne pouvait se croire en tout point normale. Elle était plutôt convaincue que nous avons tous en nous des aspects à tout le moins suspects : dans notre vision du monde, nos façons de penser, nos jugements, nos habitudes, nos comportements. En ce qui la concernait, elle attribuait ses lacunes et ses faiblesses à ce rapport combien complexe et contrariant – pour ne pas dire impénétrable – entre son corps et son esprit, ses instincts et ses pensées — un tiraillement permanent auquel elle avait peine à échapper. Elle s'appliquait, dans le but de mieux se comprendre, à dresser une liste de ce qu'il y avait en elle d'acceptable et de reprochable ; une sorte d'examen de conscience qui n'avait rien de définitif.

Elle trouvait opportun et convenable ce besoin d'apprendre, de se changer, d'aller jusqu'au bout de ses possibilités. Elle réprouvait en elle sa tendance à l'anxiété, et cette révolte intérieure quand elle n'arrivait pas à se dominer et à se doter d'un minimum d'équilibre entre ses qualités et ses défauts. Elle espérait qu'avec le temps et au fur et à mesure de sa croissance et de sa maturité elle finirait par se procurer les outils de son achèvement.

Elle mettait dans une catégorie à part les épreuves qualifiées de communes à tous les êtres humains ; celles où l'on voit monter jusqu'à la conscience le flot de sensations et de plaisirs que réclame le corps, telle une sève vivante comparable à celle qui part des radicelles jusqu'à la cime des arbres.

*

Elle reconnaissait que l'école, en plus de lui être utile, lui était nécessaire. Elle redoutait cependant celle de la vie. Ce que l'on apprend à l'école, pensait-elle, ne nous donne pas pour autant tous les moyens de bien faire et de bien vivre. Et — malgré les connaissances acquises — on se doit d'apprendre, en plein cœur des bourrasques de l'existence, à devenir en quelque sorte autodidacte de soi-même. Elle voyait de jour en jour davantage que son corps et son esprit, à eux seuls, avaient tout d'un laboratoire digne de l'attention conjuguée d'une litanie de sciences, physiques, chimiques, neurologiques, psychologiques, génétiques, pour ne citer que celles-là. Tout cela dépassait nettement ses capacités, en plus de devoir leur ajouter cette part d'inatteignable qu'elle qualifiait de subjective.

Bien souvent, sa grand-mère, soucieuse de la qualité de sa formation, lui répétait, sur un ton à la fois enjoué et solennel : « Ne l'oublie pas ! La culture est la meilleure arme contre l'imbécillité ! » Elle lui jurait alors de ne jamais cesser de se cultiver, comme pour sceller entre elles un pacte définitif.

Cela n'empêchait pas pour autant sa grand-mère de continuer de cultiver son jardin, de faire pousser ses roses et ses légumes, à l'écart de Socrate, de Nietzsche, de Kant, de Heidegger et d'autres éminents penseurs.

*

Il lui arrivait parfois de comparer le monde de l'école à un champ clos, aux parcelles alignées au cordeau, aux programmes savamment définis, loin de cette réalité hors les murs qui nous attend. Cela expliquait pourquoi le temps passé dans les écoles et les universités du monde n'occupent relativement que la partie la plus courte de la vie ; de quoi laisser à chacun le soin d'apprendre par soi-même, sans un programme ni un lieu confiné, les leçons importantes de l'existence qui contribuent à donner un sens à notre vie. C'était sans doute pourquoi, aux grandes vacances, les élèves de la terre entière se réjouissent tant de retrouver leur entière liberté ; moment tant souhaité de la fin des cours, des devoirs et des leçons, avec pour seul souci la fantaisie de vivre et de respirer. Durant ce temps, toutes les fois qu'elle passait devant son école, au hasard de ses promenades, elle se réjouissait à la vue de ses volets clos et de son portail lourdement cadenassé. Des écoles sans les professeurs, des bibliothèques en état de veille, des salles de classe aux lumières éteintes, des couloirs vides ayant pour seul écho un silence recueilli, presque sépulcral.

*

Il était déjà loin le temps des écoles. Nous étions assises, sous un parasol de plage, à regarder le temps passer que traversait le cri des mouettes. Nous formions, côte à côte, deux générations distinctes entre lesquelles se glissait l'absence de sa mère dont on cherchait encore à éloigner d'elle la mémoire.

Sa grand-mère peut-être, à se taire ainsi, faisait encore le deuil de sa Lucie tant aimée dont elle aussi était durement privée…

Émilienne était prise de stupeur à l'idée que sa grand-mère pouvait d'un jour à l'autre disparaître et la laisser seule avec elle-même. Comme pour se protéger du cauchemar de l'inconnu et détourner sa pensée des idées noires dont son esprit était occupé, elle s'était, pour s'en distraire, mise à faire glisser entre ses doigts, à l'instar d'un sablier, les poignées de sable que machinalement elle ramassait.

*

Le vent subitement s'était levé ; assez fort pour emporter le chapeau de paille de sa grand-mère accroché au dossier de sa chaise pliante.

Émilienne s'était mise à courir à sa recherche. À quelque trente mètres de là, un garçon en maillot de bain et au corps musclé l'avait saisi au vol. Elle lui donnait à peine vingt ans.

— Heureux de vous être utile.

Il lui avait remis le chapeau.

— Je me nomme Alexis. Et vous ?

— Je m'appelle Émilienne.

— Un bien joli nom !

Ce disant, il la dévisageait, au point même qu'elle en était fortement troublée. Il en tirait avantage et continuait à la regarder. Sa gêne s'amplifiait. Les battements de son cœur s'accéléraient. Ces quelques secondes durant lesquelles elle se sentait prise au piège d'une émotion hors de son contrôle lui paraissaient interminables.

— Vous êtes plus belle encore que votre nom, avait-il murmuré. Vous êtes la fille du vent. Il m'a mené jusqu'à vous.

C'était la première fois qu'en présence d'un garçon elle ressentait un tel embarras. Rien à voir avec les badinages dont Jeanne et elle se moquaient quand des garçons de l'école s'empressaient de faire un bout de chemin avec elles à la sortie des classes.

Ce qu'elle éprouvait auprès d'Alexis était d'un tout autre ordre : celui d'un appel sans la litanie des mots ; un accord implicite ; une communion relevant et de l'extase et du danger.

— Je dois rejoindre ma grand-mère.

— Serez-vous à la plage demain ?

Cette question avait l'air d'un rendez-vous.

— Je serai là… Peut-être…

Un peut-être qui cachait toute l'impatience du oui.

*

Cette nuit-là dans ses rêves, elle s'était inventé hors de l'emprise de sa grand-mère une première sortie avec le bel Alexis. Il faisait déjà jour. Ils avaient marché le long des rues du village, se tenant par la main. Elle sentait à plusieurs reprises la douce pression de ses doigts sur les siens, signe d'une intimité secrète et consentante. Ils se promenaient sans aucun but, au hasard des carrefours. Il leur arrivait de repasser aux mêmes endroits, comme s'ils avaient tous les deux perdu tout sens de l'orientation. Fatigués de marcher, ils étaient entrés dans le bosquet d'un petit parc tout exprès conçu pour des haltes propices, quand on sent passer dans les moindres de ses veines la fièvre et l'urgence d'aimer. D'instinct, ils s'étaient choisi un banc de pierre à l'abri d'une invitante pénombre. Le silence dont ils étaient enveloppés les dispensait des paroles toutes faites, prosaïques et insipides. Ils préféraient laisser parler leurs cœurs dans le tâtonnement de leurs doigts. À se toucher ainsi, ils inauguraient un voyage commun, confiant à l'instinct le soin de les rapprocher. Quand ils se levèrent pour quitter le parc, en passant près d'une vieille dame — qui eût pu être la grand-mère d'Émilienne — et qui sans doute n'avait pas manqué de les observer et avait été témoin du baiser fougueux qu'ils s'étaient donné, ils eurent d'elle ce merveilleux commentaire :

— Vous êtes beaux à voir. Quoi de plus merveilleux que d'aimer !

Elle se demandait, à entendre cette vieille dame, si ce compliment ne mêlait pas un tel bien-être aux cicatrices de sa vie.

En prenant congé l'un de l'autre, Alexis, comme pour forcer l'avenir, lui avait dit :

— Je voudrais tellement que nous ne fassions qu'un.

— Laissons faire le temps, lui avait-elle répondu d'une voix émue. L'avenir n'est pas que demain, et pour se donner, il faut d'abord s'appartenir ; et je suis si loin de vraiment m'appartenir…

*

Le temps était venu, pour sa grand-mère et elle, de prendre le chemin du retour. Le sifflet du train qui les éloignait de la plage effaçait à mesure le rêve exquis de sa rencontre avec Alexis. Il ne restait d'elle que le plaisir intense dont son corps tout entier avait été traversé et la certitude que, de chair et d'âme, elle était vraiment femme.

Pendant que sa grand-mère feuilletait, pour se distraire, les pages d'un magazine acheté au kiosque de la place centrale du village, elle se recueillait en elle-même, comme pour un voyage intérieur, à l'inverse de celui du train, attentive au souffle que rythmaient les battements de son cœur. Elle fermait les yeux comme quand on cherche à ne rien voir d'autre que soi-même. Une respiration intérieure se confondant avec le souffle vital de toute chose, où l'infiniment petit se dilue dans l'infiniment grand. Quelque chose de ressemblant à « la nuit obscure » dont parlait Jean de La Croix — titre d'un livre laissé par hasard sur le bureau de sa grand-mère. Elle n'avait, à l'époque, aucune idée de ce que cela pouvait signifier. Mais aujourd'hui, dans ce train qui les ramenait à la maison, ce titre qui avait frappé son imagination lui paraissait correspondre à l'expérience intérieure qu'elle vivait. Une lumière du dedans si intense qu'elle la rendait aveugle — du mystère de la vie ; de l'intrigant amalgame du corps et de l'esprit. Elle ignorait, dans un tel aveuglement, ce qui, de la chair ou de l'esprit, l'emporterait un jour dans sa vie. Un perpétuel combat dont elle ignorait l'issue.

Il lui arrivait parfois de considérer l'idée de faire vivre sur une même île une population de gens choisis parmi les plus vertueux de la terre et de se demander ce qu'il adviendrait d'eux à la longue, à force de vivre ensemble. Elle se disait que fort probablement on retrouverait, dans un tel cas, la même proximité du bien et du mal et leur même affrontement.

*

Elles étaient enfin arrivées, fort heureuses de rentrer chez elles, de retrouver leurs habitudes, leurs occupations quotidiennes. Les vacances, dans leurs fonctions transitoires, ont le mérite quand elles se terminent de nous faire mieux apprécier le lieu habituel pour un moment quitté. Les grands palaces eux-mêmes finissent par nous ennuyer ; ils appartiennent aux gens de passage, sans cesse renouvelés comme dans un carrousel. Ils finissent par donner la nostalgie de la sédentarité. Même quand on voyage pour changer d'air, selon l'expression consacrée, on demeure attaché à son lieu de vie, si petit ou si misérable fût-il, ainsi qu'aux habitudes que l'on s'est données. Les gens d'affaires qui ont connu le succès — à partir de zéro — gardent ancrés dans leur mémoire le temps et l'endroit de leur enfance dont ils se souviennent avec la plus vive émotion. Tout comme les rivières qui dévalent les pentes les plus abruptes conservent en elles, tout au long de leur cours, la trace de leurs sources, peu importe l'endroit où elles finissent par se jeter — les fleuves et puis les océans.

*

La grand-mère d'Émilienne, dès son arrivée, avait hâte d'avoir des nouvelles de son amie Antoinette, espérant que son état s'était depuis amélioré. Elle voulait lui faire la surprise en se rendant directement chez elle. Elle avait demandé à Émilienne de l'accompagner. Elle savait qu'elle aussi lui était attachée, et en mesure d'être le témoin des grandes blessures de la vie.

Émilienne la sentait inquiète, vu l'état de délabrement psychologique où sa sévère dépression l'avait menée, au point de la rendre étrangère à elle-même.

— Pourvu qu'elle ait suivi à la lettre l'ordonnance du psychiatre, avait-elle murmuré en quittant la maison. Je lui prendrai au passage un bouquet de roses. Cela lui donnera un peu de couleur…

Elle était loin de se douter de ce qui l'attendait. Elle avait eu beau sonner et frapper à maintes reprises et de plus en plus fort à sa porte, elle n'obtenait aucune réponse.

Elle avait d'abord pensé qu'elle était sans doute allée faire une course ou qu'elle s'était rendue chez le docteur Pringent, quand une voisine, qui ne la connaissait pas, était accourue, alertée par le bruit.

— Je suppose que vous cherchez à voir madame Bérard…
— C'est bien ça.
— Comment, vous n'êtes pas au courant ?
— Au courant de quoi ?
— La pauvre est décédée.
— Comment ça ! Que s'est-il donc passé ?
— La malheureuse s'est suicidée.

Émilienne n'avait jamais vu sa grand-mère dans un tel état. Cette nouvelle l'avait à ce point ébranlée qu'elle en était toute livide comme traversée par la foudre de la tête aux pieds. La voisine s'était jointe à elle pour lui éviter de s'effondrer et de perdre connaissance. Pendant qu'Émilienne lui parlait pour la tenir éveillée, la voisine s'était empressée d'aller chercher de quoi la ranimer — un linge mouillé et une solution de camphre. Il aura fallu cinq bonnes minutes pour qu'elle reprenne ses couleurs habituelles.

*

Les nouvelles de sa mort s'étaient vite propagées. La paroisse en était à la fois choquée et bouleversée. Chacun y allait de sa version. Elle s'était coupé les veines. Elle s'était volontairement noyée dans sa baignoire. Certains disaient même qu'elle s'était pendue. Le seul point sur lequel tout le monde s'entendait, c'était qu'elle était bel et bien morte et qu'on l'avait découverte trois jours après leur départ pour le petit port de plaisance. La vérité était qu'elle avait avalé tout un cocktail de pilules mêlées à une forte dose de somnifères. Sa grand-mère était plus que troublée à l'idée qu'elle avait peut-être accompli ce geste fatal la journée même où elles prenaient le train dans la joie de changer d'air et de place. La vie, disait-elle, est trop souvent une tragédie. À voir les ragots que de toute part les diseurs de nouvelles colportent, cette tragédie, pour cruelle qu'elle soit, se change, hélas, en une tragi-comédie.

Émilienne trouvait, en effet, plus que déplacé le comporte-ment de tous ces gens qui mettaient à nu la détresse de cette femme, et qui se faisaient des gorges chaudes de ce qui lui était arrivé.

*

Sa grand-mère s'était rappelé ce que lui avait confié Antoinette : « Si un jour il m'arrive un grand malheur, je te demande de prendre contact avec mon notaire, Jean-Louis Garon. » Elle n'y avait pas porté, sur le moment même, une grande attention, mais à présent qu'elle était morte, elle soupçonnait qu'il s'agissait uniquement d'un testament dont elle devrait être l'exécutrice. Elle avait décidé, sans plus tarder, de se rendre au cabinet de monsieur Garon.

— Je vous attendais. Personne n'imaginait un tel malheur. Le jour où elle s'était présentée à mon cabinet, elle m'avait confié que vous étiez sa meilleure amie. Vous devez en être profondément ébranlée. Je vous offre mes plus sincères condoléances.

Le notaire lui avait alors donné lecture de son testament.

La vente de sa demeure ainsi que ses dépôts bancaires, exception faite de la somme affectée à son enterrement, devaient être répartis comme suit : la moitié de son héritage devait être distribuée, en parts égales, à la paroisse ainsi qu'à la mission bénédictine œuvrant auprès des lépreux, mission à laquelle s'était jointe d'ailleurs Jacinthe Dauberval. L'autre moitié irait à sa grand-mère Agathe, dont le tiers serait affecté aux études universitaires d'Émilienne. Elle faisait don de ses livres à la bibliothèque municipale. Une clause du testament chargeait maître Garon de remettre, de la main à la main, à ma grand-mère un document se trouvant dans une enveloppe sur laquelle on pouvait lire la mention « STRICTEMENT CONFIDENTIEL ».

*

La mort inattendue d'Antoinette Bérard avait causé, plus qu'un émoi, toute une agitation dans la paroisse Sainte-Geneviève. L'autopsie avait révélé qu'elle s'était volontairement empoisonnée. On se demandait, ici et là, si les responsables du diocèse allaient, dans le cas d'un suicide, consentir à accorder à la défunte une inhumation décente, conforme à sa foi religieuse. Nombre de paroissiens le souhaitaient, comme si cela allait de soi, eu égard à son complet dévouement au service des bonnes œuvres de la paroisse ainsi qu'à la rectitude morale dont elle avait toujours fait montre. C'était, hélas, beaucoup trop espérer. En effet, malgré la médiation du père de la Bourdette et la messe célébrée par le père Gervais — dans le secret de son monastère — pour le repos de l'âme de la disparue, monseigneur Dubois avait jugé bon d'y opposer un refus catégorique, prétextant des règlements de l'Église, et du souci évident de ne pas sanctionner un exemple à ne pas suivre par un excès de clémence.

*

Agathe Frémond en était outrée. Elle ne comprenait pas qu'on pût être à ce point insensible à ce côté sombre de la détresse humaine.

— Ces gens-là qui représentent le Christ font tout le contraire de ce qu'il aurait fait lui-même. Les règlements dont ils encadrent leur ministère leur font oublier l'essentiel, ce minimum d'amour auquel ont droit les plus affligés de la terre. Ils bénissent les animaux ; mais ils font peu de cas de ceux qui ont le plus besoin de compassion et d'indulgence. Sans parler de leur âme qu'ils abandonnent au jugement de Dieu — au purgatoire ou même à l'enfer —, ils font de leur corps que l'on enterre quelque chose de semblable à un rebut que l'on jette dans une vulgaire décharge. La pauvre Antoinette ne méritait pas un tel dédain.

Émilienne partageait et sa tristesse et sa colère. Elle n'avait certes pas l'ampleur de ses idées, mais elle en éprouvait les sentiments et rejoignait sa grandeur d'âme et sa richesse de cœur.

— Je suis sûre, avait-elle repris, que s'il s'était agi de quelqu'un de célèbre ou de haut placé dans la hiérarchie de l'État, leur comportement aurait été différent. Croyant ou pas, vertueux ou dépravé, on lui aurait fort probablement ouvert toutes grandes les portes de l'église, pour des raisons dites de convenance sociale ou politique. Les pauvres gens, les gens de rien, quant à eux, n'auraient certainement pas un tel privilège. On les laisserait à leur anonymat, comme à un mal de nature ; nettement plus, s'il s'agissait d'une femme. Je me demande si monseigneur Dubois a vraiment les attributs et l'authenticité d'un chrétien.

*

Ce jour-là, sa grand-mère, qui, au froncement de ses sourcils, soupçonnait qu'à l'entendre parler de la sorte, elle s'interrogeait sur la place réservée aux femmes, dans le monde et dans l'Église, avait jugé bon de lui en donner son opinion.

— Vois-tu, Émilienne, je me suis longtemps demandé pourquoi on avait fait de Dieu — pourtant un pur esprit — un être masculin. On lui a, en effet, donné la qualité de père. Dans les mythologies anciennes, il y avait des dieux et des déesses. Mais, depuis l'existence des religions révélées, on en a fait un être masculin. Tous les grands prophètes dont on vénère l'influence sont des hommes ; leurs institutions sont gérées par des hommes, qui ont relégué la femme dans la catégorie d'humble servante de Dieu — ainsi que des hommes. Jésus a été déclaré le fils de Dieu. Seul l'Esprit-Saint échappe à toute qualification sexuelle. Il n'est ni homme ni femme. Comme pour priver Jésus de toute impureté due à la femme, on lui a choisi pour mère une vierge et tout de sa conception comme de sa naissance a été géré par l'opération du Saint-Esprit. J'en suis arrivée à conclure que l'on a transposé dans le domaine religieux la suprématie tenace du patriarcat dont nos sociétés humaines sont jusqu'à présent marquées. La femme, pourtant porteuse de vie, et que tous les fils d'homme vénèrent, jouit de tous les égards, sauf — à de faibles exceptions — dans les rouages des institutions courantes et en matière de religion, comme si cela allait de soi.

*

Nous étions revenues juste à temps avant la mise en terre d'Antoinette Bérard. Il faisait très beau ce jour-là. Les funérailles prévues pour onze heures avaient attiré une foule imposante dont la présence répondait à des motifs variés. Des amis dont l'émotion était palpable ; des gens marqués par le dévouement et la grandeur d'âme de la défunte ; des curieux dont la préoccupation principale était de dénombrer parmi la foule les catégories de gens qui pour rien au monde ne se seraient absentés d'une cérémonie consacrée à une suicidée ; d'autres enfin qui couraient les enterrements pour le plaisir de se savoir encore vivants. Dans cette compacité plus que bigarrée faisait lourdement défaut le rituel religieux auquel on aurait pu s'attendre. Le notaire à qui la défunte avait confié le rôle de maître de cérémonie et qui avait pu constituer une petite chorale à laquelle il avait fait signe d'entonner un chant, tiré du psaume 39, où il est question du néant de l'homme devant Dieu et de la supplication qui lui est faite, celle de prêter l'oreille à son cri et de ne pas rester sourd à ses pleurs. Ce chant avait pour mission de réunir la défunte à son Dieu. Une fois terminé, le notaire invita l'assistance à venir se recueillir, pour un dernier adieu, devant la tombe déjà fermée, où sur la dalle funèbre on pouvait lire : « ICI REPOSE ANTOINETTE BÉRARD AINSI QUE SON EXIL. »

Paradoxalement, ce chant tout exprès choisi en cette occasion, et qui ne laissait personne indifférent, faisait d'Antoinette Bérard la représentation d'une Église en quête de la miséricorde de Dieu — une Église qui, pour des raisons mesquines et inhumaines, oubliait dans son cas sa véritable mission ; celle d'approcher l'humain avec la vision de Dieu.

*

Agathe n'avait pas tardé à ouvrir l'enveloppe que lui avait remise le notaire et qui lui était adressée. Son visage trahissait une crainte teintée de tristesse à devoir parcourir ce courrier avant-coureur d'un grand malheur ; un écrit tout exprès à son intention, plusieurs mois auparavant, en prévision d'un avenir plus qu'incertain ; un écrit servant à la fois d'adieu et de message d'outre-tombe.

Antoinette Bérard avait placé, en exergue de sa lettre, cette bouleversante réflexion :

« J'en suis arrivée là, Agathe… À force de me chercher, j'ai fini par me perdre, et je ne me suis guère trouvée… Dans ce lointain où je vais, et dans cette non-présence au monde, je te dirai encore et toujours que je t'aime. Dans mon naufrage existentiel, tu as jusqu'au bout été pour moi une âme sœur. Ne m'en veux pas si, pour me délivrer de moi-même, je te fais tant de peine — à toi, mais aussi à ma chère Émilienne. »

Elle avait attendu une semaine entière avant de mettre Émilienne au courant de ce qu'elle avait pu lire de tout ce que contenait l'enveloppe.

— Nous partageons toutes les deux le même deuil et la même peine. Je me dois de te révéler le contenu entier de sa lettre d'adieu.

Je comptais te le demander. Merci de venir au-devant de mon impatience.

Sa grand-mère l'avait alors prise dans ses bras et serrée très fort. Elles s'étaient toutes les deux mises à pleurer.

*

Antoinette Bérard était née dans une famille plutôt modeste. Un père ouvrier dans une ardoisière. Une mère qui s'était ouvert une petite lingerie pour dames attenante à leur maison. Hervé Bérard ainsi que sa femme Georgianna étaient connus dans le voisinage pour des gens respectables et laborieux. L'un et l'autre n'avaient pas eu la bonne fortune de faire beaucoup d'études. Juste assez pour apprendre à lire et à compter. Leurs propres parents, Maurice et Angèle, avaient été, eux aussi, de braves campagnards dont le quotidien avait fait d'eux des gens de labeur et de peine, totalement dépendants pour vivre du bon plaisir des propriétaires terriens. Hervé et Georgianna Bérard, pour leur part, avaient eu pour employeur « le gros Hector », réputé pour ses sautes d'humeur. Quand il se mettait en colère, en plus d'être aviné, il menaçait les plus récalcitrants de son personnel de s'en départir, « sans autre forme de procès », ainsi qu'il avait coutume de le dire. Mais, une fois dégrisé, il reprenait son humeur habituelle, tel un fauve apaisé. Hervé et Georgianna s'étaient juré de ne pas se laisser traiter indéfiniment comme du bétail et de tout faire pour se trouver un autre style de vie. « Je ne sais ni quand ni comment ; mais, un jour, cela viendra. » Il avait ensuite ajouté : « Si nous faisions un enfant. Cet enfant, j'en suis sûr, nous portera chance. Surtout si c'est une petite fille. »

Ce jour tant souhaité et trop longtemps attendu avait fini par arriver. Georgianna, devenue enceinte, était tout près d'accoucher. Le médecin qui, toutes les semaines faisait la tournée des villages et visitait ses patients, lui avait conseillé de faire ses valises et de se rendre à la maternité des Baumettes, à une soixantaine de kilomètres de la ferme. Il existait bien des autocars qui se rendaient jusque-là selon des horaires réguliers ; mais Hervé, inquiet de laisser sa femme toute seule, était venu solliciter du « gros Hector » la permission de l'y accompagner. Cela supposait un congé d'au moins deux jours. D'un pas hésitant, il s'était approché de son patron, craignant d'essuyer de sa part une verte rebuffade. Mais, le « gros Hector », malgré ses emportements légendaires et imprévisibles, avait quand il le voulait bien des comportements d'exception. Les années de bonnes récoltes, il préparait des paniers pour chacun de ses ouvriers. À chaque Nouvel An, il offrait de petits cadeaux aux enfants des familles nombreuses. Cela corrigeait quelque peu sa réputation au point que, oubliant le reste, on disait de lui qu'il était à tout prendre un bien brave homme.

Une fois entré dans ce qui lui servait à la fois de bureau et de salle à manger, Hervé lui fit part de l'imminence de l'accouchement de sa femme, espérant de lui un compliment à la hauteur de l'événement. Pour une fois, ce devait être le cas.

— Pour une nouvelle, ça, c'est une excellente nouvelle. Vous devez être un mari comblé. Tout le monde n'a pas la chance d'avoir un enfant…

Hervé était tellement heureux de la bonne humeur d'Hector qu'il n'avait porté aucune attention à la toute dernière partie de sa phrase. Ce qui le préoccupait avant tout, c'était d'obtenir de lui l'autorisation d'accompagner Georgianna. Profitant de la bonne disposition de son patron à son égard, et prenant son courage à deux mains, il s'était mis à formuler sa requête.

— Je m'en voudrais de ne pas accompagner ma femme à la maternité… On ne sait jamais ce qui peut lui arriver de fâcheux durant le trajet… Soixante kilomètres, c'est bien du temps… Me serait-il possible d'avoir un congé de quelques jours, le temps de la réconforter après l'accouchement et de fêter auprès d'elle la naissance de notre premier enfant ? Si jamais vous y consentiez, j'aurais besoin d'une petite avance ; oh ! pas grand-chose ; de quoi seulement régler ma note d'hôtel et faire quelques petites folies à cette occasion…

Son patron était bel et bien conscient de sa gêne et de l'extrême précaution qu'il prenait à formuler sa demande. Il l'attribuait à un sens inné de la diplomatie. Hervé avait certes peu d'instruction, se disait-il, mais la nature, de toute évidence, l'avait doté d'une grande intelligence de la négociation. Il leva les yeux vers lui, le fixa un instant, esquissant un petit sourire en coin qu'Hervé au début n'arrivait pas à décrypter. Cette légère inquiétude n'était que passagère, car Hector déjà lui tendait la main.

— Marché conclu ! Je vous accompagnerai moi-même jusqu'à la maternité. Ma camionnette sera plus sûre et plus confortable que l'autocar. De plus, au lieu d'une avance sur salaire, je préfère de beaucoup quelque chose comme une prime à la naissance.

Mon père ne savait trop quoi dire devant un tel geste.

— Je vous serai toujours reconnaissant, avait-il balbutié, en reprenant son souffle.

*

Durant le trajet, Hector s'était montré fort loquace. La naissance imminente de l'enfant le ramenait à son passé ; un passé douloureux dont il avait envie de se libérer. Oubliant le rapport distant qu'un patron doit tenir vis-à-vis d'un employé, et n'étant nullement gêné par la présence de Georgianna, il s'était mis à raconter, comme pour l'extirper, le mal dont il était hanté et qui ne cessait de le ronger. Reprenant la courte phrase, qui avait échappé à l'attention d'Hervé : « tout le monde n'a pas la chance d'avoir un enfant », il voulait leur révéler cette part sombre de lui-même, sans pour autant les obliger à en respecter le caractère confidentiel. L'essentiel avant tout était de se vider le cœur.

*

Il avait rencontré un jour une femme dont il était tombé follement amoureux. Sa vie en avait été bouleversée. Elle s'appelait Elsa. Il ne jurait que par elle. Elle l'habitait, qu'elle fût présente ou absente. Quand il la voyait marcher de loin, son émotion était si forte que plus d'une fois les larmes lui embuaient les yeux. C'était la femme qui lui convenait. Il se réjouissait d'avoir attendu le temps qu'il fallait avant de la trouver. Comme un grand nombre de garçons, il avait jusque-là et au hasard des circonstances fait des rencontres anodines qui n'avaient rien de durable. Rien de tel avec Elsa. Ils se sentaient comme traversés par une union quasi secrète à la faveur de laquelle, pour se comprendre et ne faire qu'un, ils ne s'exprimaient qu'à mi-voix, à demi-mot, dans un murmure à peine audible de l'esprit au corps, et du corps à l'esprit. Leur amour partagé leur ouvrait les chemins d'un bel avenir. Tous les deux en étaient convaincus, bien que sachant que rien de l'existence n'échappait à l'épreuve du temps.

Comme pour enraciner cet amour sur ses terres, il avait augmenté la superficie de sa propriété et chargé son intendant de doubler le nombre de ses ouvriers. À cette époque, le bonheur qui l'habitait se reflétait sur son comportement. Il se montrait amène et ne rudoyait aucun de ses employés, même quand il fallait les reprendre et leur enjoindre de mieux faire. Cette autorité qu'il gardait pourtant intacte ne lui ôtait guère son visage humain. Les conséquences en étaient palpables et le rendement de ses récoltes s'en trouvait augmenté. Malgré une certaine jalousie, on disait de lui dans son entourage qu'il avait fait de son exploitation quelque chose de moderne non seulement par la qualité et le dévouement de ses ouvriers, mais aussi par le rajeunissement de ses équipements. Il attribuait, quant à lui, un tel changement à l'amour que lui prodiguait Elsa. Cet amour avait changé le cours de sa vie et demeurait à ses yeux le principal moteur de son ardeur au travail et de sa réussite.

*

Elsa, si choyée fût-elle, ne s'occupait pas à ne rien faire. Elle ne se contentait pas de veiller aux seuls soins du ménage. Elle était friande de lecture ayant fréquenté l'école sur une période nettement plus longue qu'Hector. Elle avait, en acceptant de s'installer sur la ferme, mis dans ses bagages des livres de différents genres dont la lecture avait pour principale fonction de l'ouvrir sur le reste du monde et de l'empêcher de se morfondre dans une région fortement rurale. Deux fois par semaine, elle se rendait dans la ville voisine. Elle en profitait pour se dégourdir les méninges, selon sa propre expression, et se tenir au courant des nouveautés et des curiosités du moment. Hector n'y voyait aucune objection, bien au contraire. Il retirait d'ailleurs une certaine fierté d'avoir choisi une femme intelligente ayant la curiosité d'apprendre ; une femme pour laquelle l'univers ne s'arrêtait pas aux seuls chaudrons. Il éprouvait, certains soirs, un grand plaisir à écouter le résumé qu'elle faisait de ses lectures. Une façon comme une autre d'enrichir son esprit, d'oublier les soucis de la journée, et d'accroître par de tels échanges ses connaissances. Il s'instruisait ainsi sous la dictée d'Elsa.

Profitant des aperçus des livres dont lui faisait part Elsa, il lui arrivait d'en lire en cachette certains passages. Ce contact avec les mots lui était fort utile. Des mots à la phrase, et de la phrase aux idées, il effectuait un mystérieux voyage, de la terre — qu'il connaissait bien et qu'il remuait pour vivre — au monde de l'imaginaire. Il en tirait la sensation et presque le trouble de mieux se connaître et, à travers l'histoire des personnages, de découvrir l'extrême variété des paysages humains. Un tel sanctuaire lui tenait lieu d'école et le rapprochait encore plus de celle qui, sans être officiellement mariée, avait décidé de partager sa vie. Cette fusion entre eux deux réparait à mesure les accrocs et les désaccords de la vie quotidienne.

*

Trois ans s'étaient écoulés. Elsa n'avait pas encore connu la bonne fortune d'être mère. Elle en ressentait un vif chagrin, ne se faisant pas à l'idée d'être privée d'une famille bien à elle. Elle s'en plaignait très souvent auprès d'Hector, sans pour autant lui faire de reproche et le tenir pour responsable, car lui aussi n'espérait rien d'autre que d'être père. Il en voulait à la malchance et prenait ce retard pour une épreuve. Il la conjurait de garder un esprit positif en attendant l'heureux événement de sa grossesse.

Si du bout des lèvres elle lui disait oui, pour ne pas lui déplaire et aggraver sa peine, son corps si longtemps crispé et fatigué d'attendre se dissociait peu à peu d'une telle assurance tributaire du hasard.

Hector avait beau lui dire sans en avoir l'évidence que son cauchemar serait bientôt effacé et que cet enfant tant désiré ne viendrait pas seulement de la fusion intime de leurs corps, mais plus encore d'un état d'âme propice à sa venue, rien ne raturait les idées sombres d'Elsa ; rien n'arrivait à lui ôter sa profonde mélancolie ni à sécher ses larmes intérieures.

*

Le comportement d'Elsa avait de beaucoup changé. Elle se réveillait plus tard, négligeait sa tenue. Elle restait le plus souvent enfermée dans la maison et, quand elle en sortait, elle donnait l'impression de marcher sans voir. Contrairement à son habitude, elle ne s'arrêtait guère pour parler aux ouvriers et les encourager dans leur travail. Ils s'en entretenaient et s'inquiétaient de son regard presque vitreux. Certains invoquaient même que, vu son amaigrissement, elle couvait peut-être une grave maladie que le patron gardait secrète. Tout en le plaignant, personne n'osait lui poser de questions de peur de raviver ses craintes et sa peine. Une femme si belle et un malheur si grand ! On pouvait lire sur ses traits tirés que quelque chose de bien grave le tracassait. Aucun d'entre eux ne se risquait à supposer que l'amour profond dont le patron et elle jusqu'ici faisaient montre avait un je-ne-sais-quoi de brisé. En effet, dès qu'elle mettait le pied dehors, monsieur Hector quittait son bureau pour la rejoindre et faire avec elle un bout de chemin en lui offrant la main.

Ils en restaient là, tout en souhaitant que la condition de madame la patronne, ainsi qu'ils la nommaient, aille pour le mieux. De toute façon, il ne leur revenait pas de chercher à percer plus avant le mystère de leur intimité ni d'avancer à leur sujet des hypothèses maladroites et malveillantes. Leurs observations ainsi que leur curiosité ne s'arrêtaient qu'à ce qu'il leur était donné de constater, sans aller en dessous des apparences.

*

Elsa avait de beaucoup perdu de son appétit et sa maigreur plus que manifeste devenait pour Hector un sujet de préoccupation grandissante. Elle avait pour de bon renoncé au rituel de ses lectures quotidiennes, occupant l'essentiel de ses journées à s'asseoir près de la fenêtre du salon à regarder glisser le temps, dans l'attente passive du crépuscule. La nuit venue, elle attendait que le sommeil d'Hector entrât dans sa phase profonde pour se blottir contre lui tel un animal blessé en quête de réconfort, d'apaisement, et de chaleur.

*

Convaincu de sa sévère dépression, Hector avait pris sur lui de consulter un psychiatre, de peur de la voir sombrer dans une agonie du cœur et de l'esprit.

Ayant pris connaissance des raisons de leur visite, le docteur Léon Chevrier examina d'abord l'état physique d'Elsa. Puis, au moyen de questions appropriées, il s'occupa de sa condition psychologique et de ses répercussions possibles sur son dépérissement. L'examen terminé, il lui prescrivit, en plus de quelques remontants, des antidépresseurs en rapport avec sa situation. Avant de prendre congé du couple, il leur avait remis, à tous les deux, à l'intention de l'hôpital, un formulaire leur prescrivant de passer un test d'infertilité.

— Le docteur a raison, fit Hector en quittant le cabinet du médecin. Ce test, une fois effectué, nous permettra de voir plus clair dans ce qui te préoccupe et qui ne cesse de ruiner ta santé. Espérons seulement qu'il n'y ait rien d'alarmant...

— Je le souhaite, moi aussi, chuchota Elsa, d'une voix incertaine et presque résignée.

*

Les choses en étaient là. Un espoir mêlé à la crainte des résultats du test. Une menace qui pourrait dérouter un amour d'occasion devenu depuis lors une réalité confirmée, diffuse dans les méandres les plus creux de l'âme et du corps. Une mélodie des sens susceptible de se dénaturer et de se changer, pour des raisons d'un autre ordre, en un venin mortel. Hector se rappelait l'histoire de ce conte dont lui avait fait part Elsa, une nuit d'orage qui, loin de les contrarier, avait plutôt amplifié leur besoin l'un de l'autre, ainsi que leur bonheur d'être ensemble. Il entendait encore cette voix douce et apaisante d'Elsa qui, cette nuit-là, lui faisait part d'un conte qui l'avait enchantée.

« Il était une fois, dans un décor féerique, une montagne mystérieuse à qui les habitants du village avaient donné le nom *de chapeau du monde*. Elle leur inspirait à la fois le respect et la crainte. Elle se réveillait en pleine nuit, comme si elle était vivante, et les mouvements internes qui en agitaient les flancs faisaient chanter les plans d'eau et lever un vent doux qui, au passage, caressait la chevelure des arbres. Les fleurs aux abords des ruisseaux se penchaient alors sous l'effet du vent et leurs corolles, avides de leurs chants et de leur eau, s'embrasaient de couleurs changeantes. Pendant ce temps, des insectes aux ailes de diamant en profitaient pour déposer sur leurs pistils de quoi les féconder. Toutes les nuits, ces fleurs de plus en plus belles irisaient de leurs couleurs l'opacité de la nuit. Les habitants du village étaient alors plongés dans un sommeil profond qui leur attribuait l'enivrante capacité de rêver. Seul le chef du village en était exempt. Cette exception n'avait rien d'une punition. Des forces invisibles lui conféraient plutôt la tâche d'être le témoin de la présence d'une fée pleureuse assise, la nuit venue, sur un banc de granit au bord du ruisseau. Il ignorait totalement les raisons de ses pleurs. Peut-être l'émoi éprouvé devant la majesté et l'esthétisme des lieux. Peut-être aussi l'appréhension d'un malheur à venir. La fidélité à ce rendez-vous inexplicable avait fait naître en lui un attachement ambigu à cette fée pleureuse, à la fois de compassion et d'une affection incontrôlable. Il ne pouvait cependant ni l'approcher de près ni lui parler. Il devait se contenter de la contempler de loin et de se laisser tremper par les larmes qui coulaient de ses yeux. Cet indicible épanchement de ses larmes, semblable à un arc opalin, lui procurait la douce certitude qu'elle était consciente de sa présence et voulait l'en gratifier. De nuit en nuit, comme une terre en labour, il se laissait ainsi fertiliser par les larmes de cette fée pleureuse.

Par un souci de reconnaissance, et pour l'en remercier, il s'était mis à éloigner d'elle les insectes ailés qui portaient au pistil des fleurs leur ration de pollinisation. C'était la chose à ne pas faire. Il avait ainsi arrêté le cycle même de la vie. Et, dès la nuit suivante, la fée pleureuse s'était pour de bon évanouie.

Il se disait qu'elle reviendrait, un peu par habitude, mais peut-être aussi pour le punir en se rendant invisible ou pour mener jusqu'à son terme la mission dont l'avait chargé une fée plus haut placée dans l'échelle des fées. Il avait beau revenir des nuits durant, le banc de granit restait vide et, pis encore, les habitants du village se voyaient subitement privés de la faculté de rêver – et se voyaient sujets à des cauchemars durant leurs longues heures d'insomnies. Ils ne savaient que faire pour s'en débarrasser. Chacun en était atteint sans la possibilité d'en faire part aux autres. Le chef du village, conscient de la menace qui pesait sur lui et sur le village tout entier, décida dans un moment de rage incontrôlable de démolir le banc de granit, de détruire le ravissant massif de rhododendrons en retrait du ruisseau et de couper toutes les corolles des fleurs, plongeant ainsi le village dans une nuit sans fin. C'est alors que *le chapeau du monde* se mit à gronder de toutes ses forces et libéra de ses entrailles tout ce qu'il contenait de feu, de laves et de cendres, faisant du village une terre morte de toute vie.»

*

Rien n'était plus terrible que d'attendre le résultat de ce test de fertilité. Hector avait beau chercher à s'occuper pour distraire son anxiété, rien n'y faisait. Il se voyait dans la peau d'un présumé coupable, conduit de force au banc des accusés, au milieu d'une salle d'audience tenue secrète, réservée à une instance toute spéciale : le *tribunal de l'amour*. Une salle sépulcrale, privée de procureur, d'auditoire et d'avocat ; dont le silence ambiant attendait le prononcé d'une sentence, qui tardait à venir, à la merci d'un juge tout vêtu de noir dont on ne devinait pas le visage. Le plus affligeant d'un tel cauchemar demeurait la non-présence d'Elsa, seule à même d'apaiser le désespoir dans lequel il se trouvait brusquement plongé. Un seul regard venant d'elle, si furtif fût-il, lui aurait suffi. Mais, en lieu et place, il n'aspirait que le vide.

La réalité qui jusque-là avait comblé et ses jours et ses nuits se voyait tout d'un coup menacée ; à un point tel que l'amour d'Elsa dont il avait été foudroyé lui paraissait à présent comme un rêve mal construit que le vent du large auquel il ne s'attendait pas déchirait de sa force et de ses griffures, telle une maison lézardée.

Ces trois années de bonheur auprès d'elle constituaient un ciel serein au-dessus des labours. Ses terres, comparativement à celles des autres, produisaient comme jamais auparavant ; et les ouvriers, réjouis de leur complicité, faisaient de la cueillette des récoltes un cadeau offert à leurs noces secrètes, comme si leur amour mêlé à l'échancrure des sillons traversait les terres humides pour mieux les féconder.

*

Ils n'avaient guère souhaité faire de leur amour quelque chose de formel, de notoriété publique. Leur engagement n'avait rien d'institutionnel, encore moins d'un sacrement religieux qui eut fait de leur union une relation à jamais irrévocable. Leur passion amoureuse n'avait d'autre dessein que de se donner l'un à l'autre et de partager leur vie, sans la contrainte du temps ; une sorte d'alliance mystique dont le mystère demeurait inconnu et dont la profondeur tenait lieu de liturgie. Un monde second qui leur servait d'initiation. Leur union physique au plus creux de la nuit leur méritait et l'extase et la consécration.

Mais le temps ne se laisse jamais prendre au piège du mystère. Minute après minute, il suit son train de vie qui le plus souvent ne croise pas le nôtre, jusqu'à prendre parfois la direction inverse. C'est sa façon à lui de décaper le mystère de nos existences respectives. En effet, malgré l'éblouissement et le transport de leur passion amoureuse, Hector et Elsa restaient l'un et l'autre des humains soumis à des hauts et des bas, à des sautes d'humeur ; des imperfections que finissait jusque-là par contrôler cet amour hors du commun qui les unifiait. C'était pour chacun d'eux un secret occulte qui leur réservait un avenir. Ils caressaient ainsi que tous les couples l'ambition de mettre au monde des enfants à qui ils inspireraient l'appétit et la richesse de la vie. Des enfants à la mesure de leurs moyens et de leur force qui sans être nombreux – pourvu qu'il y en ait au moins un – seraient témoins de leur existence en ce monde, et qui donneraient suite à leur vie. Elsa leur apprendrait l'univers des mots et des livres et lui, la volonté et la discipline du travail bien fait. Deux univers compatibles qui ont le mérite de fabriquer des êtres bien faits.

*

Mais il existe, hélas, en chacun de nous cette part infime et clandestine d'un mal qui détourne notre vie de ce à quoi on la destinait. Il se disait, au cas où Elsa se verrait incapable de concevoir un enfant, qu'il l'aimerait pour deux ; pour elle-même d'abord, mais sinon plus pour cet enfant inexistant qui habitait ses rêves les plus chers. Dans la pire des hypothèses, celle de sa masculine infertilité, il ferait tout pour la convaincre de prendre en adoption un enfant qu'ils porteraient dans leur cœur comme s'il venait d'eux ; il se disait qu'à la longue elle recouvrerait la joie de vivre et tournerait le dos à la tentation même d'une quelconque dépression. Il s'en était ouvert à Elsa qui se montra, à sa grande surprise, fortement agacée par son côté présomptueux qui, sous le couvert d'une apparente condescendance, lui attribuait en priorité l'inaptitude à mettre au monde un enfant, comme si sa corpulence jointe à sa superbe le rendait exempt de toute incompétence en ce domaine. Elle lui en voulait d'autant plus qu'il profitait de son état de langueur et de lassitude pour l'accabler davantage.

*

Dans son for intérieur, elle avait hâte de recevoir le résultat des examens de laboratoire qui mettraient pour de bon fin à un tel débat, à un tel déchirement. Ce résultat qui avait pour base la stricte réalité ne se fit pas longtemps attendre. Il révélait qu'elle était tout à fait apte à procréer.

On eût dit, à la transformation de son visage et à l'éclat de ses yeux, qu'une telle nouvelle lui avait donné soudainement un regain d'énergie qui, venu du plus profond de ses entrailles, lui ouvrait toutes grandes les portes d'un avenir amplement prometteur.

*

Ce n'était guère le cas d'Hector. La déclaration de son incapacité avait tout d'un verdict dont il était foudroyé. « Ce n'est pas juste ! hurlait-il », au bord des larmes, la tête entre ses mains. Le docteur Léon Chevrier avait beau chercher à le réconforter et lui dire qu'il n'était pas seul dans son cas, il ne l'entendait tout simplement pas. Il se trouvait maintenant à un carrefour de sa vie, sans la moindre idée de la direction à prendre. Son existence s'avérait brutalement brisée. Les liens qui jusqu'ici l'attachaient à Elsa et avaient fait son bonheur se défaisaient comme si ce grand amour n'avait été qu'une distraction du sort, une passagère illusion. Si on lui laissait le choix, il aurait préféré être atteint d'un cancer en phase terminale faisant d'une mort prochaine le messager d'une ultime et définitive libération plutôt que de s'accrocher à une vie n'ayant pour contenu – en dehors du travail – que le vide.

*

Jamais un retour à la maison n'avait paru à Hector – sur une distance si courte – aussi pénible et aussi long. Durant tout le parcours, Hector gardait les mains crispées sur le volant alors qu'Elsa trouvait subitement un vif intérêt à regarder défiler les paysages ambiants comme si elle tournait, une à une, les pages d'un feuilleton semblable aux histoires qu'on lui racontait, enfant. Un silence profond, telle une ligne médiane imaginaire, marquait les frontières de deux mondes de nature fortement contrastée. Celui d'Elsa

92

– plein de promesses et d'émerveillement - comme à l'apparition d'un nouveau printemps qui la réconciliait avec la vie et qui la dispensait de toutes les médications dont on l'avait accablée et qui avaient mission de l'extirper, dans la plus vive douleur, d'un puits obscur où elle s'était laissée tomber ; celui d'Hector qui, lui, avait toutes les caractéristiques d'un cauchemar hivernal. Il se demandait si le désir obsessionnel de cette Elsa qu'il aimait éperdument, celui d'enfanter, au plus secret de son corps, n'allait pas porter un coup fatal à sa passion dont il avait fait dès le premier instant sa raison d'être.

Il sentait en conduisant un vide insidieux l'envahir, annonciateur de toutes les disgrâces et de tous les revers. Il ne pouvait pas pour autant lui mettre des chaînes aux pieds, lui interdire de quitter cette oasis où leurs noces secrètes s'étaient réfugiées, l'empêcher de parcourir un long désert dont il ignorait les coordonnées. Il caressait néanmoins l'idée que, si elle devait quitter pour de bon cette oasis où l'un et l'autre s'étaient amoureusement racontés, il brûlerait de pouvoir – même de très loin – suivre ses pas jusqu'à cette ligne d'horizon où tout disparaît dans les tourments et les ravages de l'oubli.

*

Comme dans les tragédies grecques, ce qui devait arriver arriva. Un jour où Hector s'était durant quelques heures absenté pour l'achat de nouvelles semences, Elsa s'était empressée de dresser une belle table comme au temps où elle soulignait des circonstances particulières. Tout semblait parfait, excepté que dans son assiette qui faisait face à celle d'Hector elle avait déposé une enveloppe dans laquelle elle lui faisait ses adieux. On pouvait y lire ceci : « Mon cher Hector, ce n'est pas que je ne t'ai pas profondément aimé. Bien au contraire ; je garderai en effet tout au fond de moi la mémoire de cet amour qui nous a procuré tant de moments de grand bonheur. Mais, je dois t'avouer que cet amour à deux ne me suffit guère. Au fond de mon âme et dans ma chair, il se trouve un enfant à naître qui me presse de le concevoir et de lui donner vie. Si je tarde à le satisfaire, le bonheur que nous avons connu deviendrait le pire des malheurs. Je me vois donc contrainte de te quitter. Ne cherche surtout pas à me retrouver... Je te fais mes adieux et te souhaite de surmonter l'épreuve de cet amour brisé. Je te souhaite la meilleure des chances et la meilleure des vies. Elsa.»

C'est depuis le choc de cette séparation, qui avait tout d'un cruel abandon, qu'Hector était devenu « le gros Hector » sujet aux emportements incontrôlés et dont l'irritabilité était fortement amplifiée par ses excès d'alcool.

*

Le vœu d'Hervé Bérard et de Georgianna, que le gros Hector s'était offert à conduire à la maternité, avait été exaucé. Georgianna avait mis au monde une belle petite fille à qui ils avaient donné le prénom d'Antoinette. Ils en étaient tellement heureux. S'il avait pu le faire, il aurait crié sa joie à tous ceux qu'il croisait dans les couloirs de la maternité. Mais comme il n'était pas le seul à éprouver un tel transport et que les va-et-vient dans les couloirs de la maternité devaient respecter l'ambiance feutrée des lieux. Il avait ressenti l'impérieux besoin de sortir à l'extérieur et de crier, à tue-tête, peu importent les passants, jeunes ou vieux, hommes ou femmes – qu'il était devenu le père d'une belle petite fille. Heureusement qu'il le disait haut et fort, car à le voir sautiller le long des trottoirs comme un enfant ayant reçu une excellente nouvelle ou un cadeau inespéré on l'aurait sans doute pris pour un fou. Il avait décidé d'entrer dans le premier troquet de la place pour arroser d'un ou deux verres la naissance d'Antoinette. C'est au comptoir de ce café qu'il avait fait la connaissance d'un dénommé Étienne qui travaillait comme ouvrier dans une ardoisière de la région. Leur condition d'ouvriers – agricole, dans le cas d'Hervé ; industriel, dans celui d'Étienne – avait fini par les rapprocher, au point même qu'ils avaient fini par se tutoyer. « Ce n'est pas le travail qui manque, lui avait dit Étienne. Si un jour tu veux changer de métier et te joindre à nous, voici mes coordonnées. »

*

Hervé et Georgianna, au sortir de la clinique, étaient revenus à leur domicile et Hervé avait repris son travail sur les terres d'Hector et redoublé d'ardeur pour le remercier des faveurs qu'il leur avait accordées. « Nous garderons ce travail, avait-il confié à Georgianna, jusqu'à ce que notre petite Antoinette soit en âge d'aller à l'école. Je veux tellement qu'elle soit plus instruite que nous. Si nos moyens le permettent, ce sera le meilleur héritage que nous lui laisserons. »

La fraîche existence d'Antoinette et leur enchantement à la voir grandir et se transformer de jour en jour davantage resserraient les liens qui faisaient d'eux un couple ravi et satisfait. Une existence triangulaire où ce petit être féminin, déjà indépendant d'eux-mêmes, reflétait les traits conjugués d'eux-mêmes. Une merveilleuse chimie et des âmes et des corps. Elle était pour eux deux ce supplément de vie dont ils avaient besoin. Quand on n'est que deux dans la vie, le rapport de l'un à l'autre se résume, en effet, à un simple va-et-vient, alors qu'à trois il est plutôt question d'un circuit, d'une sorte de tourbillon dans le creux duquel chacune des trois présences partage l'intimité des deux autres. C'est sans doute pourquoi, dans l'histoire des chiffres, toute situation trinitaire évoque l'idée d'une plénitude, d'une totale perfection. Bien sûr, les gens ont tout le loisir de se donner une famille nombreuse. Il ne reste pas moins vrai sur le plan des émotions et de la duplication de soi à travers l'autre que le tout premier enfant demeure quelque chose de particulièrement mémorable. Dans le cas d'Hervé et de Georgianna Bérard, compte tenu de leur situation plutôt précaire et provisoire, Antoinette leur suffisait. Ce rendez-vous à trois les comblait de bonheur. Ils étaient tous les jours heureux de se réveiller et, quand le soir tombait et qu'elle s'était endormie, elle occupait encore une grande partie de leur conversation, tant la vie de la petite occupait une place de choix dans leur esprit, leur cœur et leurs préoccupations.

*

« Je veux tellement qu'elle soit plus instruite que nous, répétait maintes fois Georgianna. » Son imagination suppléait toutefois et fort largement à son manque d'instruction comme si, pour sa fille, elle réveillait en elle une vie antérieure où son imaginaire traversé par les mythes et les légendes archétypaux lui donnait la capacité d'inventer au gré de son inconscient les plus beaux contes dont sa fille avait besoin avant de s'assoupir et de laisser libre cours aux fantaisies de ses rêves d'enfant.

Elle en nourrissait tout autant l'esprit que la sensibilité de sa petite Antoinette, lui laissant le choix de comprendre à sa façon – selon les tonalités et les inflexions de sa voix– la signification des mots ainsi que le jeu des personnages, quitte à habiller le réel de toutes ses bizarreries, de ses caprices et de ses exemptions. C'était pour Antoinette une façon bien à elle de s'éveiller à elle-même et d'occuper lentement sa place dans son petit monde… Curieusement, alors que, malgré son appétit d'apprendre, elle n'avait que peu fréquenté l'école, Georgianna ouvrait à sa fille un autre type d'école, celui de la vie. Elle en avait la clef, celle de ses propres inventions : « il était une fois… » Cela valait autant, sinon plus, que l'alphabet syllabique mille fois répété par cœur ; que les tables de multiplication aux résultats donnés promptement et en même temps par les élèves des classes traditionnelles ; qu'une pléthore d'autres modèles d'apprentissage.

En plus des contes qu'elle improvisait, elle tenait à doter sa fille d'une culture des choses et d'elle-même, avant d'affronter le cycle scolaire. Une expérience qui lui éviterait, à l'âge scolaire, de se présenter la tête creuse et les mains vides, comme si jusque-là elle n'avait pas vécu. Elle ne serait pas ce vase désert qu'il reviendrait à l'école de remplir. En effet, Georgianna avait pris l'habitude, au fur et à mesure de l'évolution d'Antoinette, de la faire toucher de sa petite main, selon un rituel quotidien, les objets de la maison ou d'en caresser les formes. Tout en le faisant, elle ne manquait pas de les nommer par leur nom. Plus cela allait, plus elle se rendait compte que son bébé éprouvait un réel plaisir à les toucher et à en entendre les noms. Cette relation avec sa fille ne lui venait pas des livres (elle en avait si peu) ou d'une quelconque recette de développement des enfants, mais de cet amour fusionnel avec sa fille – qui réveillait en elle ce qu'elle avait d'instinct et d'intuition. Quelque chose de très proche des comportements animaux qui tout à fait spontanément se chargent immédiatement de leur nouveau-né.

Tout en suivant de près les progrès de sa fille, elle s'appliquait à respecter son « espace intérieur », un espace secret et personnel. Antoinette, en plus de l'amour dont elle l'enveloppait, avait aussi besoin de silence et d'intimité, pour arriver à se forger elle-même et à esquisser avant l'heure les traces de son avenir. Georgianna en avait l'évidence, elle qui comprenait, à les observer, ce que faisaient les ouvriers agricoles. Une fois creusés les sillons et le temps des semailles terminé, ils abandonnaient à la terre, repliée sur elle-même dans la patience et le recueillement du temps, le soin de la germination et celui des frondaisons, indispensable aux moissons à venir.

*

Antoinette avait grandi, dans ce chassé-croisé des leçons de sa mère et des expériences qu'elle faisait du monde extérieur dans lequel elle prenait plaisir à se plonger. Elle tenait de sa mère cet amour des mots qu'elle utilisait bien sûr pour donner un nom aux choses, mais aussi qu'elle amplifiait – en en étirant le sens et en les employant dans des contextes différents – selon les images qu'ils suscitaient en elle et, plus encore, selon son bon plaisir, au gré des appétits de son imagination. Elle entretenait avec l'environnement un permanent dialogue qui unissait son corps à tout ce qui l'entourait. Elle prenait, à mesure de l'évolution de sa conscience, un vif intérêt à lui parler sans qu'il pût lui répondre, à lui ouvrir ses sens dans le but de s'en pénétrer. Un langage muet, quoiqu'intense, qui lui donnait l'envie de vivre et façonnait son identité. Son corps, dans un tel déploiement, devenait ce premier livre ouvert avant la fréquentation des écoles dans lequel un auteur invisible – du nom de *nature* – racontait quelque chose d'elle-même dans son rapport avec cette petite part du monde que ses sens et son cœur pouvaient atteindre. Elle pressentait, vu son âge, qu'il lui restait encore bien des choses à découvrir, qu'elle était encore trop petite pour tout comprendre de ce qu'elle avait l'ambition de comprendre.

*

Toute la famille avait déménagé lorsque le temps était venu pour Antoinette de fréquenter l'école. Hervé et Georgianna s'étaient rappelé l'offre faite par Étienne d'aider Hervé à se trouver un emploi dans une petite ville semi-industrielle où l'on exploitait une ardoisière fort active et réputée pour la qualité de ses ardoises. Grâce à la générosité d'Étienne dont il avait fait la connaissance, lors de l'accouchement de Georgianna, Hervé se trouvait ainsi changer de statut et de profession. Il était de beaucoup mieux payé et fier de sa qualité d'ouvrier industriel. Le travail était certes ardu et risqué, mais il offrait à toute sa famille la perspective d'un meilleur avenir. Au fur et à mesure de l'expansion de sa clientèle et de ses affaires, le propriétaire des lieux, Pascal Clermont, faisait l'acquisition de maisons qu'il réservait à ses ouvriers et à leurs familles. Une partie de leur salaire était placée dans un fonds qui, au moment de leur retraite, leur en assurait l'entière possession. Étienne, qui avait le titre de contremaître, avait pris Hervé dans son équipe et s'était personnellement chargé de sa formation, dans le but de le rassurer, d'autant que l'idée qu'il se faisait de sa nouvelle tâche était vécue par lui comme une laborieuse migration. Un travail exigeant qui, en plus des savoir-faire, réclamait de minutieuses précautions. Un tel soutien lui ouvrit tous les secrets de sa fonction et les inquiétudes qu'il s'en faisait disparurent au fur et à mesure de la maîtrise de ses mouvements. Un tel allègement facilita de beaucoup son intégration à son groupe de travail. Il se trouvait des leurs au point d'éprouver en leur compagnie une camaraderie proche de l'amitié. Un tel sentiment n'avait pas tardé à se confirmer quand il reçut la première invitation de se joindre à eux les vendredis après le travail – le temps de prendre une bière et de partager autre chose que les routines et les soucis du travail.

En plus des généralités propres à de telles occasions et à leur besoin de détente après une semaine fort chargée, il leur arrivait d'aborder des sujets plus réfléchis faisant état de ce qu'ils attendaient de la vie. Une sorte de mise en commun de leur vision du monde et de leur expérience humaine. Des phrases courtes, souvent allusives, où chacun se retrouvait un peu dans l'autre. Autant d'éléments qui faisaient d'eux des frères de labeur et de vie.

*

De telles réunions hebdomadaires, de l'ordre quelque peu corporatif, portaient Hervé à réserver exclusivement ses samedis et dimanches à sa vie familiale. Ils en profitaient pour explorer les lieux et ses alentours et donner l'occasion à leur chère Antoinette de s'acclimater à un environnement humain si

99

différent du milieu rural. Georgianna en était plutôt ravie. Tout lui semblait à portée de main. Les commerces de différents types ; les pharmacies ; les magasins de mode ; etc., etc. Les bruits ambiants eux-mêmes l'enchantaient, du seul fait qu'ils agrémentaient la vie quotidienne et distrayaient toute monotonie. Quant à Antoinette, elle prenait plaisir à fréquenter les jardins urbains, les zones récréatives qui servaient de terrains de jeu où les jeunes enfants avaient leur place et pouvaient s'amuser sous le regard de leurs parents. De retour à la maison, dans leur petite cour arrière, assise sur les murettes ou sur sa chaise de jardin qu'elle pouvait déplacer à son gré, elle s'attardait à observer les insectes rampants et volants ; les fourmis et leurs savants va-et-vient ; les papillons aux coloris variés, aux ailes diaphanes, aux rayures géométriques ; les chenilles en attente de leurs ailes ; les abeilles butinant les fleurs ; les mille-pattes ; les crapauds dont les coassements l'intriguaient. Quand la nuit tombait et couvrait de son ombre ce qu'il y avait de vivant au ras du sol, elle s'asseyait sur les marches d'escalier donnant accès à la cour et levait la tête en direction du ciel à regarder les étoiles, groupées en essaim ou éparses, regrettant de ne pas avoir assez d'yeux pour les dénombrer. Elle se demandait déjà si, là-haut, il n'y avait pas quelqu'un qui se chargeait de les allumer.

*

Georgianna ne voulait pas passer ses journées entières à conduire Antoinette à l'école, à la rechercher en fin d'après-midi et à s'occuper des soins domestiques. Elle désirait se rendre utile et ne pas laisser tout le poids du budget à Hervé. Elle se rendait d'ailleurs compte combien son travail à l'ardoisière était harassant et prenait une grande part de son énergie. Elle souhaitait pouvoir contribuer aux ressources familiales, ce qui leur procurerait un meilleur avenir, à l'abri des imprévus, et une vie plus facile et – pourquoi pas ? plus heureuse.

Elle avait décidé de faire part à Hervé de son intention de ne plus être qu'une femme au foyer. Malgré les objections et presque la nette opposition de son mari, qui rêvait de faire d'elle sa petite reine, elle était enfin arrivée à le faire changer d'avis. Elle ouvrirait sa propre lingerie pour femmes dans la grande pièce contiguë à la maison qui avait tout l'air d'un hangar, d'un garage ou d'un entrepôt. Elle en ferait son magasin, en y effectuant les travaux nécessaires à l'hébergement d'un tel commerce. Il fallait au préalable obtenir l'entier consentement de monsieur Clermont, le propriétaire en titre. Elle avait pris sur elle de lui en parler directement. Le contact avec le monde urbain avait fortement changé la perception qu'elle avait d'elle-même. Elle ne souhaitait guère se résigner à n'être qu'épouse et femme. Elle se sentait capable de projets et d'audace. L'idée de cette lingerie correspondait tout à fait à ce nouvel état d'âme. Contrairement à ses appréhensions, Pascal Clermont accueillit favorablement son intention, découvrant en elle les qualités d'une authentique femme d'affaires. Cependant, comme il était le premier à savoir les ressources financières du couple et qu'il était convaincu que la banque ne serait pas disposée, vu le récent emploi d'Hervé, à leur accorder un quelconque crédit, il avait décidé de lui consentir un prêt remboursable sur cinq ans, étant fort satisfait de l'ardeur et de l'application au travail de son mari dont lui avait fait part Étienne – qui jusqu'ici avait toujours su prendre la juste mesure des ouvriers dont il avait la direction.

*

Ce prêt, aux yeux de Georgianna, leur ouvrait – à toute la famille – un bel avenir. Il lui fallait à tout prix réussir, car, en cas d'échec, le fardeau du remboursement reposerait sur les seules épaules de son mari. Elle devait risquer le tout pour le tout et mettre en œuvre ses ressources morales et sa détermination. Toutes les fois qu'elle regardait Antoinette et s'extasiait de ses progrès à l'école et de sa joie de vivre, cela centuplait son énergie et son entêtement à mener à terme ses affaires. C'était à ce point qu'elle se demandait si, sans l'existence de sa fille, elle se serait lancée dans une telle ambition. De ce point de vue, Antoinette, par sa seule présence au monde, ne serait pas que le témoin passif du succès de ses parents. Elle mêlait sans le savoir son existence à une telle entreprise.

La mise en place de la lingerie alla bon train. Les travaux entrepris pour faire de ce lieu fermé une place de commerce lui donnèrent une fière allure. La création de hublots et de baies vitrées laissait entrer, le jour, suffisamment de lumière pour mettre en relief les aménagements et les décorations intérieures et, à la tombée du jour, les plafonniers ajoutés aux lampadaires harmonieusement situés et aux intensités variables jetaient sur les étalages et les devantures un jeu d'éclairages qui donnaient envie d'entrer. Georgianna avait en outre pris soin de faire installer une belle enseigne sur laquelle se trouvait l'inscription « AU CARREFOUR DES DAMES ».

Cependant, Georgianna demeurait consciente qu'une fois un commerce installé, quelles qu'en puissent être la nature et la grandeur, sa matérialité, à elle seule, elle ne pouvait suffire à en assurer le succès. Il existait en effet bien des impondérables dont les gens d'affaires sont menacés. La réussite d'une entreprise ne se mesurait que sur le long terme, contrairement à son échec qui d'ordinaire ne dépassait pas le court terme.

Il existait tout au fond d'elle-même, malgré sa détermination, un léger soupçon de doute et d'inquiétude dont elle devait d'abord s'occuper.

Elle se devait de ne pas s'en laisser envahir, mais plutôt de le transformer en en faisant le moteur de son entreprise, contre vents et marées. De toute façon, il était trop tard pour se désister. Elle devait s'armer de courage et faire face à l'épreuve des faits. Sa réussite en serait d'autant plus belle. La gestion de son commerce dépendait d'elle, mais aussi de ses clientes. Un marché d'affaire entre ce qu'elle leur offrait et l'intérêt qu'elles pouvaient avoir à fréquenter son magasin.

*

Le jour venu de l'ouverture, tout était fin prêt. Georgianna avait engagé deux vendeuses : Florence – 35 ans – ayant déjà plusieurs années d'expérience, à qui elle pouvait confier les opérations de caisse, et qui s'occuperait en même temps de guider les premiers pas de vendeuse de Maude, âgée de seulement 23 ans. Elle avait également retenu les services de la jeune Soha, pour s'occuper d'Antoinette et veiller aux tâches ménagères.

Tout était enfin prêt pour accueillir les futures clientes. Ce jour-là, l'inscription « AU CARREFOUR DES DAMES » avait eu ses effets escomptés. La boutique reçut en effet un grand nombre de visiteuses. Certaines, poussées par la curiosité, ne firent que passer ; d'autres, après s'être assurées de la qualité des articles exposés et profitant des rabais consentis cette journée-là, se mirent à acheter les articles qui leur convenaient et, comme par un effet d'entraînement, d'autres se mirent à les imiter.

Georgianna en était enchantée et se montrait satisfaite des qualités d'accueil de Maude et Florence. Des dames, encore hésitantes et promettant de revenir, avaient fini par se laisser convaincre, sur leurs conseils qui n'avaient surtout rien d'une pression. La journée terminée, les résultats des ventes valaient aux yeux de Georgianna leur pesant d'or. Dans son esprit, l'ouverture de son commerce n'avait pas pour objectif de la rendre riche, mais de lui procurer de quoi rembourser monsieur Clermont et d'assurer à la longue à sa famille une certaine facilité financière, et à leur fille d'accéder à une éducation scolaire dont ils avaient été eux-mêmes privés. Antoinette occupait ainsi le cœur de leur projet familial et les études qu'elle entreprendrait pour assurer son avenir compenseraient largement le manque dont ils avaient eux-mêmes tant souffert. Pour toutes ces raisons, ils avaient d'un commun accord décidé de n'avoir qu'un seul enfant.

*

Plusieurs années s'étaient écoulées. Le magasin s'était construit une clientèle de base à laquelle s'étaient ajoutées au fur et à mesure d'autres acheteuses. Georgianna et Hervé en étaient pleinement satisfaits. Hervé avait jugé bon de mettre fin aux rendez-vous des vendredis après-midi auprès de ses collègues ; trop pressé de regagner la maison et de consacrer ses week-ends à Georgianna et à Antoinette. Florence et Maude avaient à ses yeux acquis suffisamment d'expérience pour donner ce plein congé à leur patronne. Ils en profiteraient pour se livrer à des activités communes : des pique-niques à la campagne ; des séances de cinéma, sans oublier de temps à autre l'assistance à des concerts et des pièces de théâtre à la Maison de la culture de leur région. Ce serait pour eux une occasion privilégiée de se cultiver et de s'associer aux préoccupations de leur grande fille Antoinette. Leurs week-ends étaient ainsi devenus « leur respiration intérieure ». Cette part de leur vie leur appartenait totalement, fécondant pour leur bien-être leur « âme commune » de l'ordre de l'indicible. Antoinette, témoin de leur amour fusionnel, s'en trouvait profondément satisfaite. Comme elle était parvenue dans ses études à la fin du cycle secondaire, elle était en âge de les comprendre, voire de les envier. Elle se demandait si un jour il lui serait donné de trouver un homme qu'elle pourrait autant aimer.

*

104

Antoinette n'avait pas tardé à comparer l'itinéraire culturel de ses parents avec le sien. L'un – proprement scolaire – défini et imposé ; l'autre, celui des autodidactes, qui – hors de tout programme – marie le plus souvent une dure expérience de la vie aux besoins de l'esprit. Antoinette, à comparer ces deux parcours, n'y voyait aucune incompatibilité, encore moins une contradiction.

Les matières scolaires, bien que nécessaires à l'ouverture de la conscience et de l'esprit, ne répondaient pas, à ses yeux, à tous ses besoins profonds. Elle se disait qu'une fois ses études terminées elle imiterait ses parents et laisserait libre cours aux caprices de son esprit et à son épanouissement. On ne peut tout savoir et l'acquisition des diplômes ne suffit pas à la construction de notre vie. Sur ce point-là, elle se rappelait ce conseil de sa mère : « Il ne te faudra jamais apprendre dans le but de montrer aux autres ce que tu sais. Ce que l'on sait a si peu de poids. Il vaut mieux consacrer sa vie à toujours apprendre. » Elle voulait de la sorte inculquer à sa fille qu'aucune science ne pouvait contenir toutes les sciences et que la volonté – pour ne pas dire la tentation – de sans cesse apprendre occupe le cœur d'un soleil aux multiples rayons.

*

Elle se devait – néanmoins et dans son cas – se fixer une matière de prédilection avant de franchir le seuil de l'université. L'expérience du secondaire ne lui avait donné qu'un aperçu des différents savoirs, le plus souvent sous la forme d'un résumé. Un condensé qui n'avait d'autres ambitions que de fournir les connaissances de base. Si elle en savait gré à ses différents enseignants, elle ne pouvait s'en contenter. Elle avait à présent hâte d'étancher sa soif d'aller dans l'intimité des choses, beaucoup plus loin que ce que lui offraient les seuls manuels scolaires. Elle rêvait de trouver dans le dédale des mots les traces vives de l'humanité laissées par les auteurs, fussent-ils morts ou vivants.

Le monde de la littérature lui convenait tout à fait. À parcourir les œuvres de grands auteurs, elle pressentait qu'elle arriverait à se situer elle-même dans sa singularité. Elle se réjouissait à l'idée de trouver à la bibliothèque de l'université des livres écrits tout exprès pour elle et qui l'attendaient. Dans le recueillement des salles de lecture, elle parcourrait les mystères insondables propres à l'aventure humaine – dans ce qu'elle a, en dehors des propriétés communes, d'originalités, de paradoxes et d'excentricités.

Se sentant devenir de jour en jour davantage femme, elle était en appétit d'elle-même, sensible aux rendez-vous d'émois contradictoires. Un bouillonnement de convoitises encore inassouvies dont bien souvent elle éprouvait les remous. Le corps et l'âme ballottés entre la plaidoirie du bien et celle du mal ; en proie aux ardeurs des sens comme aux inquiétudes de la raison. Elle se voyait en porte-à-faux et comme décentrée par rapport à elle-même. Curieusement, cet aveuglement, cet inconfort, lui faisait du bien. Cela faisait partie de l'expérience inévitable de sa féminité.

Elle aurait pu s'en ouvrir auprès de sa mère, s'enrichir de son expérience. Elle s'y refusait, comme pour se détacher une fois pour toutes de celle qui pourtant l'avait mise au monde. Elle se défiait de ces réponses communes que l'on tient pour acquises et qui servent à d'autres de guide et de recette. Elle préférait prendre le risque de se trouver elle-même, de tisser patiemment la toile de sa vie intime. Le monde des livres lui semblait ce terrain neutre dont elle avait besoin. Neutre par son côté imaginaire qui confère à ces personnages les qualités diffuses et multiformes de la transposition du réel. Elle avait hâte de fréquenter ces auteurs qui, au hasard de leurs mots et de leurs histoires, racontent le film complexe des rapports des hommes et des femmes dans lequel chacun, au gré de ses soucis et de ses états d'âme, se reconnaît lui-même. Ces livres, aux innombrables histoires, décrivent à leur manière ce que la vie comporte en matière de révoltes et de moments tendres ; de promesses et de trahisons ; d'harmonie et de discorde ; de convenance et d'incompatibilité ; d'énergie et de langueur ; d'abandon et de mort.

Ces livres, au fur et à mesure qu'elle en ferait la lecture et la synthèse, deviendraient sous sa dictée non écrite un parchemin secret dans lequel les inclinations, bonnes ou mauvaises, de son corps ainsi que celles de son âme retiendraient, quitte à la bouleverser, ce dont elle se serait nourrie et abreuvée. Une ambiguïté, pour ainsi dire initiatique, dans laquelle le bien et le mal se confronteraient en elle, hors des normes courantes, sans rien ôter, au printemps de son âge, au plaisir violent de se sentir exister. Un appel à la maturité, avec les risques que cela pourrait entraîner : celui de s'égarer sans la garantie de se retrouver.

*

Le moment était venu pour Antoinette de prendre congé de ses parents et d'entamer dans le domaine des lettres ses études universitaires. Si ce départ avait été déchirant pour Hervé et Georgianna, de voir leur fille s'inscrire à l'université et se consacrer à de grandes études répondait à leur vœu le plus cher. Ils ressentaient néanmoins plus qu'un léger pincement à l'idée que leur fille - et unique enfant – serait livrée à elle-même, au risque de subir de mauvaises influences susceptibles de l'éloigner des valeurs familiales dont jusque-là elle avait été imprégnée. Malgré leur inquiétude, ils arrivaient à se raisonner en se disant que, tout comme eux, elle ferait l'expérience d'elle-même et de la vie avec tout ce que cela comporte de blessures, de souffrances et d'errances. Ils souhaitaient seulement que ces épreuves au demeurant inévitables contribuent à lui forger une âme forte et n'enlèvent rien à sa quête du bonheur.

*

Antoinette, pour sa part, avait hâte de briser la coquille familiale. L'école et la maison parentale avaient fini par lui donner la sensation de l'enfermement. Elle éprouvait à présent le pressant besoin d'ouvrir portes et fenêtres, de prendre le chemin du large, de respirer l'air pur de sa propre liberté. Elle se voyait déjà, dans ses moments de loisir, en train de parcourir les rues et les ruelles pour le seul plaisir de flâner ; de ne pas fuir la pluie tombante, de laisser plutôt sa robe mouillée lui coller à la peau, d'en intérioriser la pression et les sensations ; de s'attarder par beau temps à la terrasse d'un café à regarder les passants, à deviner les raisons de leur lenteur ou de leur empressement, à leur supposer des rendez-vous galants ; et bien d'autres plaisirs et excentricités de ce genre.

Il lui arrivait cependant, presque par précaution, d'arrêter de laisser libre cours à son imagination de peur d'être déçue une fois sur place. Avant tout, elle serait là pour se meubler l'esprit et acquérir un diplôme pour se trouver un poste et faire face aux aléas de sa condition d'adulte. La vie ne se mesurait pas uniquement à l'aune de l'imaginaire ; sa réalité comprenait bien des surprises et des déboires qu'elle devrait affronter seule. Elle ne savait pas non plus si elle pouvait compter sur les amis – garçons et filles – dont elle ferait la connaissance. De plus, il lui faudrait d'abord se trouver de quoi se loger, de préférence un logement pas trop cher, par souci d'économie. Ses parents, bien sûr, ne la laisseraient pas mourir de faim, mais il ne fallait pas abuser de l'amour qu'ils lui portaient et de leur générosité. Sur le plan matériel, quitter sa famille n'était guère chose facile. Il lui reviendrait d'apprendre à gérer ses dépenses, à se faire à manger, et à se soucier de bien d'autres tâches ménagères qu'il lui reviendrait d'assumer. L'expérience qu'elle ferait alors de la vie serait aussi celle de ses complications.

*

La Faculté des lettres lui avait enfin ouvert ses portes ; de quoi à la fois l'effrayer et l'enthousiasmer. N'entrait pas à l'Université qui veut ! Bien souvent, pour des raisons matérielles qui n'ont rien à voir avec l'intelligence. Elle se sentait privilégiée de pouvoir faire partie de ce cercle d'étudiants à bien des égards fermé. Elle entrait en quelque sorte dans un sanctuaire qui, par la qualité et l'étendue des enseignements, avait enrichi la société d'une pléiade d'esprits prestigieux. Le jour où elle avait pris place dans cet amphithéâtre en hémicycle que partageaient plusieurs allées lui avait paru le début d'une belle aventure dans ce temple du savoir, tout aussi réservé que périlleux. Cela n'avait rien à voir avec les écoles que jusque-là elle avait fréquentées. Il n'était, en effet, plus question comme auparavant de salles conçues pour accueillir une trentaine d'élèves et où les maîtres vérifiaient graduellement si l'enseignement dispensé était compris. Les cours universitaires, quant à eux, étaient d'un tout autre ordre ; de nature plutôt magistrale, proche de la conférence. Les professeurs tour à tour transmettaient un savoir correspondant à leurs recherches respectives ; un savoir dense, quoique limité, accompagné de références servant de bibliographie aux étudiants dont il leur incombait de faire la synthèse en vue des examens de fin de session. Une tâche particulièrement ardue qui mobilisait toutes les ressources de la mémoire et de l'intelligence, deux facultés connexes indissociables l'une de l'autre. Ces contraintes universitaires l'astreignaient à répartir ses préoccupations en trois domaines distincts : le rapport aux livres ; le rapport aux autres ; et, plus que tout, le rapport à elle-même. Une sorte de trinité occupationnelle aux vocations différentes dont il lui revenait de gérer les précellences et l'organisation. Une responsabilité peu commode et exigeante. Outre son propre appétit d'enrichir ses connaissances, il ne fallait guère trahir l'espoir de ses parents ; surtout celui de sa mère Georgianna qui dans un langage bien à elle lui répétait, tel un refrain, ce qui à ses yeux était la plus grande des réussites :

« N'oublie jamais, ma petite, de meubler ton esprit de *la plus belle instruction.* » Les nombreuses heures passées à la bibliothèque de l'université avaient ainsi pour objectif second de la rapprocher d'elle. Antoinette ne voulait pas en rester là. Elle éprouvait ce pressant besoin de vivre sa propre vie. Une exigence intérieure émancipatrice, celle de se prendre en main et de se construire un avenir dont elle serait la principale ouvrière, quitte à en payer le prix en raison des pièges que lui réservait le monde adulte. Un chemin jalonné de dangers propres à la création de soi. Une attente qui lui rappelait ce que faisait son père du temps où, travailleur agricole, il mêlait à la terre, une fois les sillons creusés, les semences vives dont il espérait, en dépit des caprices du temps, de fructueuses récoltes.

*

Elle avait à présent comme horizon les étudiants dont elle était entourée et avant tout ceux qu'elle côtoyait à chacun de ses cours. Une atmosphère masculine dont elle respirait la présence. Un tel rapprochement n'avait rien à voir avec les aventures naissantes – et combien changeantes – du temps du secondaire que surveillaient plus ou moins clandestinement les parents et les professeurs. À l'université, il en était autrement, ce qui favorisait le sentiment enivrant de s'appartenir, de respirer par ses propres poumons. Une liberté peut-être fragile, mais combien nécessaire à l'apprentissage personnel de la vie ! Elle se disait d'ailleurs que ses parents avaient eux aussi à son âge connu les mêmes ivresses, les mêmes appétits des sens. Une expérience initiatique hors de portée de la froide raison. Les professeurs, en ce domaine, n'avaient guère pour mandat de se soucier des conduites secrètes de leurs étudiants. Ils n'avaient d'autre charge que d'enseigner. Cela ne l'empêchait pas, tout en les écoutant, de chercher à deviner au travers de leurs cours du haut de leur chaire la part de passions amoureuses par lesquelles ils étaient, eux aussi, passés. L'un d'eux, agrégé de littérature, spécialiste du Moyen Âge, et maître de conférences, l'intriguait particulièrement. Il était beau comme un dieu et son nom à lui seul – Florent Lemoine - lui semblait refléter la mystérieuse alliance des senteurs de la fleur et de la fièvre intellectuelle et ascétique du moine. Était-ce là l'œuvre d'un simple hasard ? Il avait choisi, comme s'il voulait l'en convaincre, de montrer par l'étude approfondie du *Roman de la Rose* combien la quête inassouvie et irréfrénable de l'amour se soumet immanquablement aux aléas du temps et des épreuves diverses, associant le goût de vivre et d'aimer aux orages les plus sombres. Il en parlait avec un tel engouement que cela faisait de lui, sans le savoir, le témoin éloquent d'une expérience substantielle et raffinée qui faisait naître en elle l'envie de totalement aimer, au risque de se perdre dans le gouffre abyssal des aventures imprudentes. L'attrait du danger l'attirait tel un aimant à devenir elle-même. Elle n'était plus cette petite fille candide captive des contes de fées.

*

Les professeurs du niveau universitaire ne se souciaient guère des présences ou de l'absence des étudiants. Chacun était libre de son assiduité et de sa préparation aux examens. Cela faisait de beaucoup l'affaire de ceux qui, pour répondre aux nécessités pécuniaires, devaient absolument dénicher un emploi à temps partiel. Antoinette en était exempte et s'estimait privilégiée sur ce point-là. Ses parents lui procuraient de quoi se consacrer entièrement à ses études. Elle se sentait de ce fait prisonnière de deux exigences. Celle de ne pas les décevoir, mais – tout autant sinon plus – celle de devenir indépendante et de faire les choix qui la différencient des autres, y compris de ses parents.

*

Ceux dont les parents n'avaient pas suffisamment de moyens rattrapaient leurs absences en recourant aux notes de cours d'étudiants assidus comme Antoinette. Elle avait pour sa part décidé de venir en aide à trois d'entre eux : deux filles et un garçon ; Louis-Frédéric, Thérèse et Dorina. Cet engagement, si désintéressé fût-il, lui était en échange d'un certain profit. Outre d'éprouver un faible pour Louis-Frédéric en raison de son prénom composé et de sa belle prestance, elle s'appliquait à rendre lisibles ses notes et à en résumer l'essentiel. En plus d'être une femme attentive à ses instincts, cette aide gratuite au bénéfice de ces trois condisciples contribuait grandement à faire d'elle une femme de raison et de tête, tout à fait organisée.

Bien que la bibliothèque fût un lieu d'étude feutré et silencieux, il lui arrivait, en levant la tête, de surprendre des clins d'œil impatients de l'un ou l'autre des garçons qui de toute évidence avaient l'air de l'épier en quête de capter son regard. Bien loin de s'en agacer, voire de s'en offusquer, elle en éprouvait plutôt, sans trop l'afficher, un réel sentiment de satisfaction — comprenant à ce jeu qui tenait lieu de prélude et d'avant-goût à des aventures plus osées qu'on la trouvait attrayante et désirable. Un langage muet qui en disait long.

D'autres – plus astucieux – se plaçaient avant le début des cours à l'une des entrées par où elle passait d'ordinaire. Ils espéraient pouvoir l'accompagner à l'intérieur de l'amphithéâtre, s'asseoir auprès d'elle, lui adresser quelques mots, se pencher à plusieurs reprises sur les notes qu'elle prenait, faisant semblant que certains éléments du cours leur échappaient. Elle n'était pas dupe d'un tel détour pour attirer son attention. Bien que flattée, elle ne voulait pour rien au monde se donner pour une proie facile et confirmer l'idée commune et pontifiante que les hommes se faisaient d'ordinaire de la *passivité féminine*. Elle se laissait le droit de choisir ceux qu'elle voulait approcher.

Toutefois, ces faux-semblants, en raison même de leur répétition, loin de l'agacer, avaient fini par la toucher. Elle ne perdait pas de vue ce qu'il y avait en elle de vulnérabilité – entre passion et retenue... Ce combat de l'instinct et de la raison, où le vainqueur d'hier n'est jamais sûr d'être le vaincu d'aujourd'hui. Dans ses moments d'orages émotionnels, elle se doutait, peu importe l'amure dont elle se servait, qu'elle ne pourrait indéfiniment échapper à l'aiguillon et aux appas de la sexualité. Une virginité de ses principes que battraient en brèche les nuits ardentes de l'expérience de la vie. Elle se rappelait combien, petite, elle prenait plaisir à résister de toutes ses forces aux vagues puissantes de la mer avant d'en être renversée et totalement inondée.

*

Dans l'immédiat, elle s'employait à ses études. Il y avait tant à apprendre ! Une année complète suffisait à peine à seulement l'acclimater à un monde si vaste — celui du domaine littéraire — si proche d'elle par ses intrications tout en lui étant distant selon l'époque et le contenu. À le parcourir, elle se faisait l'observatrice silencieuse d'une complexité humaine qui l'incluait et qui, sans référence à une morale préétablie, interpellait celle dont elle était pourvue. Un diamant brut aux mille facettes. Une pléthore d'émotions et d'états d'âme lui tenant lieu de miroir où elle se reconnaissait et se comprenait. Un paysage qui, sous le couvert de l'imaginaire, avivait discrètement les fibres profondes de sa propre existence. Un trajet en direction des terres inconnues — fait d'intrigues, de passions et de situations — qui la conduisait aux rivages et aux multiples reflets de l'universel.

Elle était décidée à s'y plonger, avec toute la voracité dont elle était capable, pour le seul plaisir de s'y perdre dans l'espoir conjectural de se trouver. Un parcours initiatique qui passait bien avant l'obtention d'un diplôme dont dépendrait son avenir professionnel. Les lectures dont elle se nourrissait rejoignaient la meute de garçons en appétit d'elle-même, comme si elle se trouvait prisonnière de son propre environnement. Leurs avances ludiques se mêlaient aux personnages des romans dont elle tournait quotidiennement les pages. L'université où elle passait l'essentiel de ses journées n'avait – comme tous les lieux de passage et de relations – rien de l'ascèse et du recueillement. Lieu de culture avant tout, elle était aussi l'espace de rendez-vous, de tentatives amoureuses et de mensonges courtois.

*

Elle s'était juré de se réserver un temps d'arrêt et d'occuper au préalable le centre de son identité première et de s'appartenir. Pour s'en donner la force, elle se remémorait les recommandations plus qu'explicites de sa mère Georgianna. « Te voilà à présent devenue femme. Prends d'abord la pleine possession de toi avant de te donner à quelqu'un d'autre. » Elle avait, ce jour-là, ajouté pour l'en convaincre davantage : « Ton père te dirait la même chose. Lui qui autrefois comme ouvrier agricole avait appris de ses mains qu'il faut laisser un fruit mûrir avant de le cueillir. » Antoinette les aimait trop pour négliger de tels conseils. L'ennui était que sa mère lui faisait parvenir de beaux tailleurs ainsi que des vêtements divers qui moulaient ses formes et attisaient forcément la convoitise de beaucoup d'étudiants. Elle remarquait que selon d'autres lois relevant des instincts primaires on la dévisageait de la tête aux pieds, pas seulement à l'université, mais plus encore quand elle se promenait le long des rues environnantes. Des lois d'un autre registre qui n'appartiennent pas à la raison raisonnante. Elle constatait, en outre, combien les passants des avenues et des ruelles commerçantes portaient leur regard sur des vitrines de mode savamment agencées où se trouvaient des vêtements au goût du jour sur des mannequins inertes aux formes suggestives. Elle aussi s'abandonnait à ce jeu des regards impulsifs.

*

Jamais Georgianna n'avait pris le temps de lui raconter les premiers moments de sa rencontre avec Hervé, son père, ni le long parcours qu'elle avait jusque-là suivi avant de le trouver tel un trésor inattendu. Une période probablement douloureuse, supposait-elle, traversée de nombreux tâtonnements et d'égarements avant de mettre enfin un visage et un nom sur celui qu'elle souhaitait et imaginait depuis longtemps. Le lui avait-elle caché par pudeur ou tout simplement pour ne pas lui imposer une *carte du tendre* qui ne serait pas la sienne et qu'il lui appartenait de trouver à son tour, indépendamment de leur histoire personnelle ? Antoinette le soupçonnait et se contentait de constater qu'ils ne vivaient pas leur couple de manière ordinaire, mais qu'ils ne pouvaient se passer l'un de l'autre. Une fusion que la vie quotidienne ne pouvait en rien entamer. Antoinette s'estimait chanceuse d'avoir de tels parents et faisait de leur solide et viscérale union la base de son attachement et aussi de son équilibre.

*

Leur exemple l'inspirait, certes, mais il lui incombait de suivre son propre cheminement et de prendre possession d'elle-même. Une coupure définitive du cordon ombilical qui n'était pas qu'une simple métaphore.

Les romans qu'elle parcourait avidement faisaient écho à ce qu'elle éprouvait en elle, bien mieux que ce qui lui était extérieur et qui lui servait d'environnement. Deux réalités pourtant imbriquées, mais combien différentes – un va-et-vient du réel et de l'imaginaire – dont l'influence ne répond à aucun modèle, et moins encore à un quelconque mode d'emploi !

Elle était appelée à vivre une telle confluence et une telle jonction à sa manière. Le monde imaginaire représentait à ses yeux un espace de liberté absolue propice à de multiples perceptions de soi dans une sorte d'élasticité du temps ; contrairement au réel limité et fermé qui nous rend prisonniers de nous-mêmes, au-dedans d'une courte et

115

combien fragile existence. Deux pôles opposés et qui pourtant ne font qu'un ; mêlant nos rêves à de lourds échecs, nos plages de bonheur à d'orageux tourments, et nous faisant vivre au hasard du temps, des jours et des nuits aux palettes et aux couleurs diverses.

*

Antoinette comprenait qu'elle ne pouvait se réfugier indéfiniment dans le monde imaginaire, encore moins s'y cloîtrer. Elle y recourait néanmoins, et comme à la dérobée, toutes les fois qu'elle voulait échapper à sa lourdeur de vivre. Ses études littéraires l'amenaient d'ailleurs à parcourir sous tous ses aspects les hauts et les bas de la condition humaine ; une traversée qui ne manquait pas de l'interroger sur l'itinéraire que jusque-là elle suivait. À plusieurs reprises, elle se sentait glisser dans des dépressions qui, bien que légères, suscitaient en elle un étrange sentiment d'abattement. Il lui arrivait de souhaiter dénicher au plus vite un compagnon de route. Quelqu'un d'assez mûr à qui parler, sans toutefois le moindre dessein de l'aimer. Une relation gratuite, s'il en était, qui donnerait un peu de soleil à sa vie. Cela lui éviterait d'en accabler sa mère et de lui confier la pénible charge d'être la confidente de ses états d'âme et de prendre part aux moindres désagréments de sa conscience.

Celui qu'elle souhaitait rencontrer devait être tout le contraire de ses camarades de cours qui l'amusaient certes, mais qui dans leurs gamineries reprenaient sous la forme du jeu une « *éducation sentimentale* » à la Flaubert. En attendant cette porte de sortie, elle devait continuer de se conduire elle-même, de ne rien perdre de ses cours et de s'accommoder des diverses astuces et enfantillages de ses condisciples qui ne s'arrêtaient qu'à son corps sans rien soupçonner de son âme.

Il ne lui fallait surtout pas, en guise de précaution, forcer le destin au risque de se perdre ou de se détruire. Elle choisissait plutôt de faire du présent le préambule, l'avant-goût, et comme la garantie de son avenir, même si, dans l'instant, elle ignorait de quoi il serait fait. Elle se rangeait ainsi parmi les femmes du commun, préoccupées avant tout du quotidien, et les plus nombreuses au monde. Elle serait de ce fait la matière brute que viendraient sculpter au plus creux de l'énigme les remous du temps et des saisons. Cela n'avait rien d'une quelconque démission d'elle-même ou d'une pure passivité, car se mêlait en elle une sorte d'espoir à l'incertitude.

*

Voilà où elle en était. Et même si elle demeurait une passionnée de littérature, au point de vouloir en faire la raison d'être de sa profession, elle ressentait le besoin de respirer le grand air, hors des murs de l'université et des livres, de se donner dans un contexte parallèle — clandestin et dérivé — une expérience ayant tous les attributs d'un roman non écrit. Elle s'était mise à consacrer ses week-ends à parcourir les rues de la ville, à s'en imprégner des odeurs, à en visiter les moindres replis, préférant les recoins à la linéarité des boulevards ; à faire d'elle une promeneuse la plus anonyme possible, à l'abri des regards indiscrets, du moins la souhaitait-elle. Mais en dépit de ces précautions et, quand bien même elle chercherait à adopter un regard aveugle, au passage des hommes, nombre d'entre eux se retournaient en la croisant, et certains même prenaient, pour des raisons diverses, un réel plaisir à la dévisager ou à l'examiner de la tête aux pieds — ce qui ne manquait pas de la contrarier.
Contre ces coups d'œil, elle se savait tout à fait désarmée. Leur répétition était selon toute apparence de l'ordre de l'instinct et ne s'arrêtait pas uniquement aux femmes, mais à tous ceux dont on remarquait l'originalité, mais aussi aux silhouettes qui ne répondaient pas aux normes communes. Elle y voyait là le travail de l'instinct et, tout autant, des canons sociaux. Elle ne

savait d'ailleurs pas où on la situait, car, en dépit de ce qu'on lui disait, elle était loin de se plaire. Secrètement, elle se disait qu'une beauté privée du sentiment du bonheur n'en était pas une et qu'elle avait de ce fait pour défaut la non-adhésion, et comme le retrait et le déni de son âme.

*

Une telle dissonance la tourmentait profondément. Elle s'estimait bien seule et comme fermée en elle-même. L'unique façon d'y remédier, du moins provisoirement, était de se donner ou plutôt se livrer corps et âme à ses études ; une sorte de thérapie qui, sans rien enlever de son exil, avait pour avantage d'occuper son esprit et de lui procurer comme par ricochet et comme en compensation, du moins le pensait-elle, « une tête bien faite » plutôt qu'une tête « bien pleine ». Ses rapports avec son environnement quotidien n'étaient de ce fait qu'anecdotiques. Des rapports de circonstance, de bienséance, ou encore de simple camaraderie universitaire. Elle ne s'en plaignait pas, mais ne voyait pas comment s'en contenter. À parcourir tous les jours des romans ou des thèses dont sa table de travail était pourvue, elle n'avait pour confidents et alliés que leurs auteurs lointains et invisibles. Une fois les livres refermés — et leur présence évanouie —, un sentiment d'abandon lui servant de thébaïde la rattrapait et seul le sommeil dans sa phase profonde lui donnait l'occasion — et aussi le soulagement — de rêver à ce dont, comme femme en quête de plénitude, elle était jusque-là privée. Des nuits beaucoup trop courtes pour les manques dont elle était habitée.

*

Quand il lui arrivait de chercher à s'analyser, elle avait beaucoup de mal à saisir la différence entre le simple plaisir — celui que d'ordinaire on associe à la vie — et la notion complexe du bonheur. Deux réalités convoitées et de

118

surcroît subjectives dont chacun veut avoir sa part sans en connaître ni la teneur ni l'agencement. Elle se demandait maintes fois s'il pouvait exister des bonheurs vides de toute substance ou des plaisirs sans bonheur ; des bonheurs durables, contrairement à des plaisirs fugaces. Autant d'interrogations et d'introspections associées au mystère même de l'existence, et dont les réponses étaient aussi disparates et singulières et tout aussi contradictoires qu'il y a d'individus dans le monde. Jamais d'ailleurs il ne lui était venu à l'esprit de tenir pour acquis le savoir des spécialistes auxquels on attribue d'ordinaire la faculté, et le talent, de débrouiller les pires angoisses existentielles. Elle se disait qu'il était préférable de s'en éloigner et de pénétrer en elle-même, dans les zones secrètes et obscures — où la chair et l'âme mystérieusement se côtoient, se consultent, et s'appliquent à s'apprivoiser ; sans pour autant être certaine du résultat. Une angoisse de plus, à ses risques et périls, qui n'avait rien d'une recherche livresque.

*

Pour s'aérer l'esprit et s'arracher à ses soucis quotidiens, elle avait pris congé de ses livres, durant trois week-ends consécutifs. Elle se promenait sans aucun but précis comme une somnambule en plein jour. Quand la fatigue la sortait de sa léthargie et la ramenait au bruit et au mouvement du réel, bien qu'elle en éprouvât une sorte de malaise et de contrariété, elle s'arrêtait à une terrasse de café, le temps de reprendre son énergie avant de revenir à sa tournée aveugle. Une cécité qui avait tous les attributs du vide.

C'est lors d'une de ses pauses non préméditées qu'elle avait malgré elle fait la connaissance d'un certain Médéric dont elle saura plus tard qu'il terminait une maîtrise à la faculté des sciences. Il n'avait pas cherché à l'approcher dans une intention précise. La terrasse ce jour-là étant pleine de monde, son unique propos était de savoir s'il pouvait prendre place à sa table, du fait qu'elle était seule à l'occuper. Elle avait acquiescé à sa demande, presque machinalement, sans prendre le temps en se retournant à demi de l'examiner et de le détailler. Une fois qu'il se fût assis, elle n'avait pas manqué d'apprécier sa discrétion et son silence, tout le contraire de ceux dont le souci premier est de s'attaquer à une proie et dont la litanie des propos, peu importe la personne en présence, constitue autant d'hameçons lancés au hasard d'une éventuelle capture.

Médéric, après avoir fait signe au garçon et lui avoir commandé une bière, avait retiré de sa serviette un livre dans lequel il s'était immédiatement plongé. Ce fut le bruit et les mouvements faits par le serveur pour lui déposer le bock de bière et se faire payer la commande qui avait détourné l'attention d'Antoinette. Il avait suffi de ce court laps de temps pour se rendre compte que Médéric était un fort bel homme et, jetant un regard furtif sur le livre qu'il avait ouvert, en deviner la nature hautement scientifique.

Alors qu'elle avait au début hautement apprécié la discrétion et le silence de Médéric, elle avait décidé, à l'encontre de ses habitudes, de le rompre elle-même au risque de le choquer et de le contrarier. L'attraction qu'à présent elle ne pouvait contenir lui en donnait et la force et l'audace, à l'encontre de son code personnel de conduite. Rien ne pouvait l'arrêter. Elle lui supposait, sans rien connaître de lui, une intelligence que rehaussait son évidente beauté. Elle souhaitait ardemment que Médéric abandonnant, ne serait-ce qu'un moment, sa lecture levât les yeux sur elle et rencontrât les siens, espérant que ce regard à lui seul tiendrait lieu entre elle et lui de préface à un saisissant roman. Médéric, hélas, continuait sa lecture, comme si de rien n'était, ne s'y dérobant que pour quelques gorgées de bière.

*

120

Elle se représentait, fouillant dans sa mémoire, d'autres scénarios amoureux qui avaient cours dans certaines œuvres romanesques dont elle avait fait la lecture. Scénarios parmi lesquels, par vents forts et pluies diluviennes, des femmes abondamment trempées se voyaient invitées au seuil de portes-cochères à se mettre à l'abri sous le parapluie d'hommes particulièrement galants. Il arrivait parfois que de telles circonstances, proportionnellement à la durée du mauvais temps, fussent l'occasion de rendez-vous inattendus. Mais ce jour-là, rien ne se prêtait à un tel scénario : le temps était au beau fixe et seul le parasol de la table les soustrayait aux rayons d'un soleil particulièrement ardent. Il fallait s'y prendre autrement et préférer au langage de l'émotion un ton parfaitement neutre, privé dans sa neutralité — du moins en apparence — de tout calcul, de toute arrière-pensée. Elle devait surtout se presser de lui adresser la parole avant qu'il finisse son verre. Ainsi fut fait comme elle l'avait prévu. « Excusez mon indiscrétion. J'ai vu, à votre lecture, que vous vous intéressez aux mathématiques. Seriez-vous par hasard un enseignant ? » Médéric, levant la tête, s'était tourné en sa direction. « Pas pour le moment. Si tout va bien, je le serai bientôt. Qu'en est-il de vous ? » « Je suis pour ma part une étudiante en littérature. Mon rêve aussi est de me consacrer à l'enseignement. » « Ainsi donc, sauf la matière d'étude, nous partageons les mêmes intentions. Je me présente. Je m'appelle Médéric. Et vous ? » « Je me nomme Antoinette. »

Médéric avait refermé son livre, non par politesse, mais par le pressant désir d'exploiter davantage une telle coïncidence.

Dans sa propre logique, ce ne pouvait être une rencontre fortuite, mais une occasion qui se devait d'avoir un sens. Antoinette n'en demandait pas mieux, espérant de cette situation, presque de ce tête-à-tête, une histoire commune. Médéric avait fait signe au garçon, soucieux qu'il fût de prolonger davantage leur entretien. Sur sa demande, Antoinette avait choisi un diabolo menthe, alors qu'il s'était commandé une autre bière. « Je change de place, avait-il murmuré, pour ne pas attraper un torticolis, à vouloir tourner la tête en votre direction. » Antoinette en avait ri et se montrait fort contente d'un tel vis-à-vis. Un tel changement de position faisait, aux yeux des autres, comme si — se voyant maintenant l'un l'autre — il existait déjà entre eux une certaine intimité, d'autant plus qu'Antoinette s'était tout d'un coup donné un air plutôt détendu.

*

Une fois terminés les préliminaires concernant leur itinéraire respectif d'avant leur rencontre, de l'ordre plutôt anecdotique, ils entrèrent plus avant dans le vif de leur nouvelle relation. Antoinette avait été enchantée d'apprendre qu'ils fréquentaient la même université, un territoire commun hébergeant des facultés différentes. Elle se réjouissait intérieurement de savoir, quand elle se rendait à ses cours, que Médéric quelque part, et selon son horaire, n'était jamais trop loin. « C'est dommage, lui avait-il fait remarquer, que vous n'ayez pas choisi comme moi le domaine des sciences pures. Nous aurions sans doute fait déjà plus ample connaissance et acquis ce que j'appellerais l'habitude l'un de l'autre. » Cette observation, tel un éclair, l'avait traversée de la tête aux pieds. Elle s'était cependant bien gardée de le lui laisser voir, ne voulant surtout pas brusquer les choses, préférant laisser au temps, dont elle soupçonnait la sagesse ou du moins la patience, tout son temps. « Nous aurions ainsi, avait-il repris, suivi les mêmes cours — et nous inviter à tour de rôle à la cafétéria. Mais, comme nous appartenons à deux terrains d'étude complètement différents, pour ne pas dire opposés, il faudra bien laisser au hasard la chance de nous revoir. » Cette dernière remarque de Médéric n'avait pas manqué de contrarier Antoinette. Elle lui révélait qu'en matière d'émotions il n'existait entre eux aucune vraie réciprocité. Elle se reprochait, au secret d'elle-même, d'avoir inconsciemment et aussi vite projeté sur Médéric son inclination du moment et son état d'âme, sous l'impulsion d'un manque affectif qu'elle avait peine à contrôler. Elle se rendait compte, en relevant la tête, que Médéric n'avait rien décelé de son trouble et de son désarroi.

*

Elle s'était alors rapidement ressaisie. Elle avait décidé de se donner presque instantanément les attributs d'une femme plutôt railleuse et taquine, comme pour corriger ses premières émotions. Elle attribuait à Médéric, en raison de sa formation, un esprit abstrait et chiffré, aux antipodes du sien. Elle éprouvait soudain le plaisir fou de l'attaquer sur son propre terrain se rappelant combien, une fois assis à sa table, il s'était avidement plongé dans son livre de mathématiques comme dans un monde à part distant de la réalité commune.

« Vous avez, tout au début, parlé de science *pure*, comme si les autres domaines du savoir avaient quelque chose de trouble et d'incorrect. Je ne suis, pour ma part, guère de cet avis. Les chiffres en effet — et, quelle que soit leur valeur — sont à bien considérer toujours les chiffres de quelque chose, préexistant à tout calcul. Ce quelque chose d'avant les chiffres constitue un champ de savoir partagé. La rivière est d'abord une rivière avant d'en chiffrer le débit. Le poète ne la voit pas de la même façon que l'hydrologue. Le soleil et la terre nous inspirent et nous fascinent bien avant que l'on cherche à en estimer leur nature et leur distance. L'être humain ne s'enferme surtout pas dans une équation, et les soucis de la raison ne sont pas nécessairement ceux du cœur. Je suis nettement favorable à une combinaison des savoirs. »

Elle reprochait en outre aux sciences dites exactes cette façon de soumettre la vérité au crible des chiffres et des hypothèses savantes.

« D'un siècle à l'autre, les certitudes données pour des évidences sont remises en question et se voient amendées ou réparées. De telles corrections, fort heureusement, font du doute un antidote à tout savoir tenu pour absolu. »

Médéric, devant un tel aplomb, avait machinalement fermé son livre, comparant la position d'Antoinette à quelque chose de ressemblant à « la querelle des anciens et des modernes ». Antoinette était surprise d'un tel commentaire qui, outre son désaccord, simulait une réelle et subtile remontrance. Elle devait en profiter pour le démonter. « Quel drôle de procès vous me faites ! Je n'ai pourtant rien d'une combattante ! Le monde littéraire se suffit bel et bien à lui-même. Je trouve simplement possible de concilier ce qui semble vous paraître tout à fait inconciliable, tels deux mondes parallèles impossibles de se rencontrer. »

*

Pour la toute première fois, il la regardait les yeux dans les yeux. Un léger frémissement s'était emparé d'elle, qu'elle s'était efforcée de dissimuler pour ne pas lui paraître en état de faiblesse. Au demeurant, il ne s'en était guère aperçu, soucieux, avant tout, de trouver réponse à son argumentation. Antoinette avait tout intérêt à se servir d'une telle trêve pour étirer le débat et le retenir le plus longtemps possible auprès d'elle, donnant en tout point à cet échange les attributs d'un jeu.

Pour le distraire de son émotion, elle s'était empressée de lui suggérer de quitter par moments ses mathématiques et de lire un peu de littérature, de quoi s'aérer et s'enrichir l'esprit. « Je ne suis tout de même pas un inculte ! Je garde un très bon souvenir de mes cours de français du secondaire, et je conserve encore chez moi quelques bons auteurs. » « Je ne peux que vous en féliciter, lui avait-elle répondu. La science, en effet, ne peut s'interdire une culture générale qui fait partie du patrimoine humain, et la littérature, quels qu'en soient le genre et le niveau, a pour fonction de nous ouvrir tout grand l'éventail complexe du phénomène humain. »

*

Elle n'avait pas manqué de lui faire remarquer que dans l'expression du langage on retrouve bien des mots empruntés au domaine des sciences : des termes comme *rapport*, *relation*, *cause*, *plan*, *effet*, etc. De surcroît, en dehors des chiffres, des formules et des raisonnements particuliers, les scientifiques recouraient forcément à un langage commun : celui de la communication orale et des rapports écrits. Une réciprocité obligatoire et combien louable et nécessaire ! Une sorte de terrain d'entente qui, en dehors des spécialités, rapproche les savoirs et l'humain.

Médéric qui au début fronçait les sourcils, comme si un tel échange mettait en cause les prérogatives des sciences données pour exactes, s'était quelque peu radouci, accordant à Antoinette une pensée et une logique peu communes et dignes de considération.

« Voyez-vous, nous sommes loin des querelles des anciens et des modernes. Il n'y a d'ailleurs pas que les universités, mais aussi l'école de la vie, plus riche, plus nuancée, et somme toute plus importante que les savoirs universitaires. Une école qui nous apprend qui nous sommes. » Antoinette pensait à cette difficulté propre à chacun à se sentir bien dans sa propre existence — cette part du doute et des certitudes inexactes...

*

Il commençait à se faire tard et Médéric avait rendez-vous avec un groupe d'amis de la Faculté des sciences. Il avait jugé bon de prendre une toute dernière consommation avant de prendre congé d'Antoinette.

« Moi aussi ! avait-elle murmuré après avoir consulté sa montre. J'ai du travail qui m'attend. J'ose espérer que nous aurons l'occasion de nous revoir et de continuer un dialogue qui, soit dit en passant, ne manque pas d'intérêt. » « Je vous l'accorde, avait-il convenu. Jamais je n'aurais imaginé qu'il m'arriverait aujourd'hui de vous rencontrer. Décidément, le hasard fait bien les choses. Laissons-le faire son œuvre. Faisons confiance aux circonstances et aux imprévus. Si nous nous revoyons, la surprise en sera d'autant plus agréable. »

*

Antoinette ne savait quoi penser. Elle en était quelque peu déçue. Voulait-il en rester là en se faisant l'apôtre du hasard, en lui laissant le soin de démêler selon son gré la trame des événements ? Il lui fallait être forte, ne rien laisser paraître de sa désillusion. Pour faire diversion – et maîtriser ses sentiments et ses émotions –, elle s'était dépêchée de reprendre le dialogue là où elle l'avait laissé, comme si elle cherchait à mettre un terme à un fâcheux malentendu. Rien de tel, pensait-elle, que de reprendre un langage universitaire. « Notre rencontre a eu au moins le mérite de relativiser nos désaccords du début et de montrer qu'il est possible de concilier les savoirs rigoureux et l'histoire littéraire des cheminements humains. » Elle s'en réjouissait d'autant plus que les sciences dites humaines n'excluent pas des millions d'hommes et de femmes qui – pour des raisons diverses et fort regrettables – n'ont pas accès à l'instruction, n'ayant d'autres ressources que l'école de la vie et l'observation de la nature. Toute une pléiade d'hommes et de femmes qui ne sont pas des gens du livre et qui néanmoins apprennent de leur expérience des connaissances qui font d'eux des philosophes, des poètes, des peintres, *des écrivains de paroles et de contes*, d'authentiques esthètes, qui ne se dévalorisent pas et que l'on gagne à connaître. Des gens bien souvent inconnus ou des peuplades entières servant tout au plus d'objet de thèses aux anthropologues, mais qui dans l'ombre construisent à leur manière une humanité tout aussi essentielle – encore en marge de celle que nous connaissons au travers de l'histoire, du début de l'écriture à nos jours.

Antoinette et Médéric s'étaient levés et avaient quitté la terrasse. Ils s'étaient donné la main avant de se séparer.

« N'oubliez surtout pas les surprises du hasard, lui avait-il lancé ! »

126

Dans le clair-obscur de ce soir-là, toute parole audible de la rue s'était tue, pour laisser place à un silence intérieur dont elle se trouvait envahie et qui s'était mué en une parole tout intime et secrète qu'elle seule était en mesure de discerner et de déchiffrer.

*

Elle avait décidé de se donner du temps avant de chercher à le revoir. Une sorte d'ascèse d'un amour naissant qui se mêlait à sa vie de tous les jours au point de la désorganiser. Les cours qu'elle suivait et les romans qu'elle lisait venaient troubler le jardin secret de ses rêves et servaient d'apport et de sève à son paysage intérieur. Elle suivait le chemin des mots pour retrouver en esprit cet homme dont la présence l'avait autant troublée. Au plus fort de ses nuits, les yeux clos, elle se voyait prendre la main de Médéric et parcourir à ses côtés les sous-bois de ses rêves et les recoins de son cœur. Quand, à son réveil et que contre toute attente, il avait disparu, elle en éprouvait une privation proche de la disette et du dénuement. Des nuits entières, elle reprenait sous d'autres aspects ce même pèlerinage de l'âme et du corps à travers le néant, dont elle gardait le goût amer de l'absence. Cette vacuité dont elle était contrariée avait pour effet de rallumer davantage les feux brûlants de son désir. Dans son entêtement, et comme pour se rassurer, elle se disait qu'elle n'était pas la seule à subir de telles épreuves et que de telles nuits sans achèvement servaient peut-être d'initiation et de prélude à des aurores prometteuses. Dans l'attente de ces jours meilleurs assujettis à la réaction et presque au verdict de Médéric, son esprit et plus encore sa chair, se trouvant plongés dans l'impatience la plus profonde, demeuraient l'un et l'autre en quête de délivrance et de plénitude.

*

Ces rêves en enfilade avaient fini par lasser Antoinette au point de l'en fatiguer et de lui déplaire. Il lui fallait procéder autrement, quitte à surmonter sa gêne et à affronter directement le réel. Cela ne signifiait pas qu'il ne fallait pas user de finesse et de ruse, et s'adonner comme en bien des œuvres au *jeu de l'amour et du hasard*, ainsi que le voyait Marivaux. Médéric, peut-être, n'attendait que ça. Lui qui avait lancé en la quittant : « N'oubliez surtout pas les surprises du hasard ! » Une autre façon de se donner quelque chose de romanesque au cœur même de la réalité. Médéric était peut-être plus subtil qu'il ne le paraissait. Sa tête était bien sûr remplie de chiffres, mais son cœur ne se privait pas pour autant de cette liberté qu'il n'est guère possible d'emmurer dans une sèche équation. Il fallait lui fournir l'occasion de prendre congé des mathématiques et d'aiguiser cette part cachée de sa sensibilité qui brouille les cartes de la logique et, loin de toute résistance, entreprend la tentation de l'inconnu et des risques d'un autre monde — celui de l'éros, des pulsions, des feux de la chair, des intrigues et des passions, au hasard des circonstances.

Le pavillon des sciences n'était pas éloigné de celui des lettres. Décisions prises (ce qui lui réclamait un courage plus que surhumain), Antoinette s'était mise à traîner dans ses moments libres aux abords de cette Faculté, dans l'espoir de l'apercevoir, sans qu'il puisse s'en rendre compte. Elle se donnait l'air de chercher au hasard, parmi les va-et-vient des étudiants, quelqu'un de non-inscrit et qui n'existait pas. Elle se donnait une allure plutôt étrange, tournant la tête dans toutes les directions. Cela lui donnait l'aspect d'une accusatrice cherchant à se venger de quelqu'un ou d'une espionne étrangère à la faculté. Un étudiant, intrigué par son maintien, lui avait demandé si elle était inscrite à la faculté ou si elle n'était que de passage, à la recherche de quelqu'un. D'autres, après lui, lui posaient la même question. Elle se contentait de leur répondre qu'elle attendait une amie et que, la connaissant, elle avait une fois de plus oublié son rendez-vous. Quand on lui suggérait d'aller à l'accueil et de lui laisser une note, elle déclarait que ce n'était pas nécessaire et qu'elle la reverrait le soir venu. Toutes ses allées et venues, à des heures différentes, n'avaient donné aucun résultat et elle se trouvait profondément frustrée de n'avoir guère entrevu Médéric, à un point tel qu'elle se demandait s'il était vraiment, comme il le disait, un simple étudiant. Elle n'écartait nullement l'idée qu'il donnait peut-être des cours dans un collège des environs ; qu'il les préparait bien souvent à la terrasse des cafés ; que leur rencontre somme toute n'était qu'anecdotique ; que la courtoisie dont il avait fait montre en prenant congé d'elle n'avait d'autre signification que la simple galanterie.

*

Elle avait pris, non sans peine, la résolution de se remettre à ses études et à la préparation de ses examens, faisant abstraction du reste, et de ne pas laisser l'émotion des premiers jours de sa rencontre prendre le dessus sur ses obligations d'étudiante, au point de la brouiller et de la désorienter.

Il lui fallait revenir à son emploi du temps et ne consacrer que son samedi aux caprices de son entêtement à vouloir le retrouver. Elle se rappelait, pour arriver à s'en convaincre, ces paroles de sa mère, dont le souci n'avait d'autre intention que son bonheur : « Tu te rappelleras, ma fille, que les amours forcées n'ont aucun avenir ». Elle se les répétait souvent comme pour faire obstacle à son déchirement intérieur, sans pour autant le guérir. Elle essayait plus d'une fois d'altérer, comme dans un flou, le visage de Médéric, sans jamais y arriver.

*

Heureusement qu'elle avait pris la décision de passer ses notes de cours à Louis-Frédéric, Thérèse et Dorina ! Cela l'obligeait à prêter attention à ce que disaient ses différents professeurs. Une sorte de thérapie hebdomadaire, dont elle ne se déchargerait, comme elle l'avait décidé, que tous les samedis.

Elle s'était imposé — à continuer à le chercher — un délai de deux mois, pour ne pas sombrer dans un tourment obsessif. Tous les samedis de ces deux mois, elle parcourait ainsi les rues de la ville, à jeter ses regards partout où se trouvaient des terrasses de café, tout comme on s'arrête en train à des stations de rendez-vous. Mais comme ce n'était pas le cas et qu'elle n'avait que ses deux jambes, de telles errances avaient pour effet, en plus de durcir son ventre et ses muscles, d'user ses chaussures et de la fatiguer ; un exercice qui faisait d'elle une athlète de la marche et qui, à tout prendre, n'avait d'autre résultat que de lui faire connaître tous les coins et recoins de la ville. Elle n'arrivait — du point de vue des coordonnées urbaines — qu'à se situer elle-même et non point Médéric. On aurait pu dire à l'observer — et à défaut de savoir qu'elle s'acharnait à trouver la perle rare de son cœur — que ces trajets successifs étaient ceux que d'ordinaire effectuent des spécialistes de géographie urbaine. Au soir tombant, quand elle retrouvait son appartement d'étudiante, elle était bien souvent si rompue de fatigue qu'elle se jetait sur son lit et s'endormait plusieurs heures ; un sommeil profond qu'aucun rêve ne venait contrarier. Elle préférait d'ailleurs, dans le cumul de ses déceptions, ces sommeils lourds qui la plongeaient directement dans le noir le plus opaque, comme au fond d'un puits asséché, et qui dans leur neutralité fermaient la porte au soupçon illusoire d'un bonheur jusque-là imprécis, ainsi qu'à l'apaisement d'un malheur dont elle souhaitait s'affranchir. Une sorte d'état zéro tenant lieu à son âme d'anesthésie.

*

Le temps a ceci de cruel qu'il ne s'émeut pas. Il ramenait Antoinette à sa corvée quotidienne d'étudiante, même si ça lui coûtait de se réveiller à heures fixes ; de faire table rase de ses déboires de femme à l'écoute de ses pulsions et de ses sens ; de se rendre à ses cours en ayant comme seule préoccupation d'apprendre et de préparer sa carrière, même si elle devait remettre à plus tard cette part d'elle-même qui lui tenait fort à cœur. Une mise à l'écart d'un besoin singulier appartenant à un monde différent, régi par un temps d'un autre type dont elle éprouvait l'urgence et qui correspondait à ses états d'âme du moment, et qui faisait d'elle une femme encore vierge de corps et nullement d'esprit. Une réalité qui n'avait rien de pathologique, mais que l'on s'entêtait communément à classer parmi les maladies d'un autre type, aux tournures des plus variables — les maladies d'amour. Elle devenait malgré elle cette terre fertile, à l'écoute d'un printemps tardif, avide de récoltes et de fruits.

*

La discipline qu'elle s'imposait à dessein, en guise de thérapie, embrouillait de jour en jour sa mémoire, au point de raturer les traits de celui qui l'avait fortement émue, comme s'il était subitement devenu un voyageur comme un autre en partance pour une ville inconnue, que l'on voit s'éloigner sur le quai du départ, et que le train emporte au-delà de la ligne d'horizon. Elle avait par ailleurs décidé de s'abstenir de lire des romans un mois durant, de peur de retrouver entre les mots, comme au hasard d'une fouille, les restes épars de Médéric. Pour s'aider à l'oublier, elle se montrait encore plus attentive aux cours, remplissant les pages de son classeur de plus de détails possibles. Louis-Frédéric, Thérèse et Dorina, ces étudiants qui s'étaient trouvé un travail à temps partiel pour mieux arrondir leurs fins de mois, et à qui elle les remettait, étaient surpris de constater tout un changement dans ses prises de notes au point d'en être admiratifs, sans avoir la moindre idée du drame intérieur qu'elle était en train de vivre. Ils ne cessaient de la remercier pour un tel tracas et un si grand dévouement. Ils ne se voulaient pas seulement des compagnons d'université, mais quelque chose comme des amis — quitte pour elle à s'en convaincre et à l'accepter.

*

Louis Frédéric avait quant à lui adopté un autre comportement. Il ne guettait plus le passage d'Antoinette à l'entrée des cours ni ne cherchait à s'asseoir à ses côtés et à user de mille astuces et prétextes pour se rapprocher encore plus près d'elle et capter son attention. Il continuait néanmoins auprès d'autres étudiantes le même type de plaisir et de taquinerie ludiques — dans le but de ne pas perdre la main.

Pour Thérèse et Dorina, il en était autrement. Elles avaient acquis le droit de passer la voir de temps à autre à son appartement. De telles visites entre femmes fraîchement adultes et en attente d'un choix de carrière avaient fini par créer une intimité favorable à quelques confidences. Antoinette avait jugé bon de les recevoir séparément pour souligner cette relation personnelle dont elle avait un urgent besoin.

Thérèse, après quelques rencontres, lui avait ainsi confié qu'elle était l'aînée d'une famille de quatre enfants ; que son père, devant les contrariétés de la vie, s'était laissé aller à boire au point de devenir alcoolique et de négliger les besoins courants de la maison. Conscient de son effondrement personnel, de ses échecs successifs à se libérer de ses démons, il avait fini par se montrer brutal et accuser sa mère de tous les défauts — une atmosphère irrespirable qui s'était soldée par un divorce.

Si son départ avait été pour sa mère une délivrance, l'éloignement de leur père avait été vécu par le reste de la famille comme un abandon et une trahison. Ils étaient, à l'époque, encore trop jeunes pour se résigner à une telle privation ; d'autant plus que sa mère avait obtenu la garde des enfants et que leur père se trouvait privé de tout droit de visite à moins d'un total sevrage de son alcoolisme, ce qui, hélas, ne fut jamais le cas. Thérèse, plus que les autres, ne s'était jamais remise de l'absence d'un père qui n'avait partagé rien de leurs jeux et de leurs rêves d'enfants.

Dorina, pour sa part, avait plutôt un tempérament avare d'effusions et de confessions. Elle s'était contentée de dire à Antoinette qu'elle était l'enfant unique de parents qui s'aimaient d'un amour enviable et qui ne cherchaient pas à ajouter à l'équilibre fragile de la vie d'autres problèmes inutiles. Un réalisme tout à leur honneur qui leur tenait lieu de chemin et de direction. Ils avaient peut-être décidé en la mettant au monde qu'un seul enfant leur convenait amplement ; non par égoïsme, mais parce qu'ils estimaient ne pas avoir pour devoir et pour rôle de « peupler la terre », mais de pouvoir bien l'élever. Elle leur donnait d'ailleurs tout à fait raison. Elle avait, en effet, reçu d'eux une bonne éducation, à la maison comme à l'école.

Elle s'estimait chanceuse d'avoir de tels parents. Elle s'était juré de ne pas les décevoir et de leur montrer qu'ils ne s'étaient pas dévoués pour elle en vain. La meilleure façon de les en gratifier, ce n'était pas nécessairement de leur ressembler en tout point, mais surtout de s'accomplir et de se trouver bien dans sa peau. Elle leur avait dit un soir (et non sans malice) que nul ne pouvait — une fois né — retourner dans le ventre maternel, et que l'attachement d'un père à sa fille devait se faire à l'idée qu'un jour viendrait où un autre homme lui ravirait sa place, et le détrônerait. En attendant cette dépossession, ainsi que le dicte l'enchaînement des générations, elle laissait libre cours à sa passion d'apprendre et de meubler son esprit, tout en étant consciente devant l'immensité du savoir qu'il lui incombait de s'exercer à un certain éclectisme, en fonction de ses choix et de ses goûts.

Antoinette, à l'entendre, ne pouvait s'empêcher d'admirer et sa lucidité et sa détermination, se refusant pour autant et jusqu'à preuve du contraire de lui créditer totalement son intimité et son amitié.

À elles trois, elles se partageaient ainsi les trois saisons du temps. Thérèse, accrochée à son passé. Antoinette, tourmentée par ses souffrances présentes. Dorina, soucieuse de son avenir.

*

La fréquence de leurs rencontres avait nettement contribué à les rapprocher. Elles ne parlaient pas que de choses sérieuses. Comme la plupart des jeunes de leur âge, elles se ménageaient des moments de fous rires, de plaisanteries, de railleries et d'humour. Ce climat de bonne entente leur faisait du bien. Sur la proposition d'Antoinette, elles étaient tombées d'accord pour sortir de temps à autre toutes les trois. Tantôt, elles marchaient le long des rues, sans autre souci que de se détendre, de respirer l'air du temps, d'oublier l'austérité de leurs cours, de mettre de côté leurs ennuis personnels ; tantôt, elles s'attablaient à une terrasse de café, le temps de se désaltérer, de se raconter des anecdotes, de regarder les passants, et plus particulièrement les garçons de leur âge, sur un ton parfois de moquerie, trouvant que la rue — à simplement l'observer — offrait bien des composantes d'un roman. Elles se réjouissaient d'être encore suffisamment jeunes pour s'imprégner de leur environnement sans l'écran d'expériences trop lourdes. Quelque chose s'apparentant à un état de grâce et de naïveté. Un âge de transition dont il fallait à tout prix profiter.

De telles distractions avaient, aux yeux d'Antoinette, desserré quelque peu l'étau de ses déceptions, de ses regrets et de sa peine. Une trêve bien à propos, tenant lieu de balancier — entre un avant, tout à fait douloureux, et un après, plus qu'hypothétique. Il lui avait fallu un bon mois de réflexion pour comprendre que la nature nous était donnée pour nous servir d'exemple dans les moments difficiles. Elle nous inculque, en effet, par ses constants changements, que rien n'est figé et que les phases par lesquelles elle passe arrivent à nous rassurer. Ceux qui n'aiment pas l'hiver attendent impatiemment le printemps ; ceux qui ont besoin de silence, de recueillement, et d'intériorité se réservent les mois d'automne, le chatoiement de ses couleurs, cette alchimie naturelle tout juste avant la tombée des feuilles et la nudité des arbres, pour se refaire une âme ; ceux qui, à l'opposé, ont besoin d'ouvrir et leurs pores et leurs fenêtres, de vivre au grand air, telle une renaissance, guettent ardemment la venue de l'été, agrémentée des caresses du vent chaud au soleil.

Cette référence aux enseignements de la nature avait réveillé en elle bien des souvenirs du temps où elle terminait ses études secondaires et passait les examens pour l'obtention du baccalauréat. En philosophie, elle avait choisi parmi les trois sujets celui qui portait sur la réflexion suivante du philosophe grec Héraclite : « Héraclite avait-il raison d'affirmer que tout coule et que rien ne demeure ? » Elle se rappelait qu'Héraclite, fasciné par l'écoulement de l'eau d'un fleuve, avait tiré de sa longue et patiente observation que les gouttes d'eau que le courant emportait n'étaient jamais les mêmes et que leur perpétuel renouvellement donnait à une telle expérience une portée générale.

Elle avait alors fait reposer son argumentation sur les aspects suivants : que la vie de chaque être vivant n'avait rien d'immuable et que, sur le plan temporel, la mort en était inéluctablement l'achèvement ; que l'histoire de la pensée et de la science était en perpétuelle mutation ; que Darwin, sur la base de solides preuves, avait conclu à l'évolution des espèces ; que, selon la position géographique et les choix de société, l'histoire des peuples montrait à loisir des caractéristiques et des civilisations différentes ; que la terre était soumise à des mouvements de rotation et de translation, sans mentionner les trajectoires inverses, selon les deux hémisphères, de la force de Coriolis, et bien d'autres considérations, y compris celles propres au domaine psychique.

*

Elle se disait — aujourd'hui qu'elle avait fait la connaissance de Médéric — que s'il avait été son correcteur, il eût été impressionné et probablement ravi du contenu de sa dissertation. On aurait dit qu'intuitivement parlant le choix d'un tel sujet avait en soi quelque chose de prémonitoire.

*

Elle avait depuis été fascinée par le monde des lettres, préférant à l'objectivité des sciences pures la subjectivité et l'extrême diversité du champ de l'imaginaire, celui des innovations propres au genre littéraire. Elle ne le regrettait guère, préférant à la froideur des chiffres et des preuves la fantaisie que nous suggère la perception que l'on peut avoir du monde dans lequel on se trouve plongé et en grande partie façonné. Deux mondes où se reflète dans des langages différents l'inventivité humaine. Deux mondes que l'amour entre deux êtres peut aisément rapprocher et concilier. Deux solitudes aussi que le rendez-vous de deux vies, en dehors de toute certitude préalable, peut amplement combler. Un monde qui n'a guère besoin de preuves, mais qui confère un sens ultime à l'existence. Tous les chemins jusque-là parcourus le long des rues dans l'espoir de revoir Médéric n'étaient rien d'autre qu'un pèlerinage intérieur et bien obscur, à la recherche d'un autre voyageur introuvable.

*

Des mois s'étaient passés et les visites de Thérèse et de Dorina s'étaient de beaucoup relâchées. Elles devaient sans doute combler quelques retards en prévision des examens. Peut-être aussi qu'à force de se voir elles étaient satisfaites de ce qu'elles avaient appris l'une de l'autre et qu'elles éprouvaient le besoin de reprendre leur itinéraire respectif et de découvrir plus avant la part de surprises et d'aventures que leur réservait la succession des jours. Quant à Louis-

Frédéric, il s'était pour ainsi dire évanoui dans la nature, ajoutant probablement à ses fantaisies des fantaisies encore plus osées. De toute façon, il ne revenait guère à Antoinette de les épier, encore moins de les juger. Elle avait d'ailleurs suffisamment de difficultés à se guider elle-même et à prendre à bras-le-corps ses douleurs cachées, les préoccupations et les contrariétés de sa propre existence. Ses agitations intérieures la convainquaient que, peu importent ses amis et leurs encouragements, on demeurait au bout du compte captif de soi-même. Une solitude à plusieurs facettes — qui pouvait à la fois vous diluer ou vous aguerrir.

*

Pour rien au monde, elle n'aurait voulu alarmer ses parents. Ils avaient lutté pour se faire une vie, et ce répit dont maintenant ils bénéficiaient convenait — tel un dû — à leur amour. Deux vies compatibles qu'elle jugeait devoir respecter et ne pas déranger. Elle ne savait pas au juste ce que pouvait être le bonheur, un mot abstrait aux ramifications multiples, plongé au plus creux des histoires individuelles et combien difficile à définir ! Quant à elle, et pour ce qu'elle avait d'expérience, la notion de bonheur se limitait à la joie d'être ensemble, celle qu'elle avait ressentie et dont elle avait été pénétrée de la tête aux pieds au côté de Médéric. Cet être unique qui, à ses yeux, résumait le monde et dont l'absence avait tout d'un naufrage dans les eaux profondes de ses nuits. Elle en rêvait encore et jamais ne le trouvait.

On eût dit qu'à la longue et en dépit de son entêtement ce Médéric devenu résolument introuvable s'était pour de bon évanoui dans le désert de ses rêves à la manière de ces mirages, que l'on croit réels dans l'urgence de sa soif, et qui nous échappent au moment de les approcher. Une désillusion bien cruelle à laquelle elle s'était en fin de compte habituée — et qui avait fini par lui servir de traitement sans le recours à une quelconque psychanalyse. Elle voulait se guérir elle-même comme on défait un par un les éléments d'un tableau

137

d'une broderie japonaise figurant le portrait évocateur d'un être aveuglément aimé. Une absence-présence dont elle cherchait pour son bien à se débarrasser. Au fur et à mesure que le temps s'écoulait, elle s'en trouvait apaisée sous l'effet libérateur d'un demi-deuil d'un être cher que l'on sait pourtant encore bien vivant.

*

C'était sans compter avec la malice et la dérision de la vie. Le jour des résultats des examens de fin d'année, Dorina avait tenu à la remercier pour les notes de cours qui lui avaient été bien utiles. Dans le même élan, elle lui avait fait part d'un événement bien particulier encore plus important que sa réussite aux examens et qui la comblait de bonheur. « J'ai enfin rencontré quelqu'un digne d'être aimé, lui avait-elle confié ! C'est quelqu'un de charmant dont voici la photo. » Elle la lui avait passée. Une photo où elle tenait par la taille quelqu'un qui n'était rien d'autre que Médéric…

*

Les faits étaient ce qu'ils étaient. Elle se devait de les effacer, de les désapprendre, de les oublier. Ce n'était pas facile.

Il lui avait fallu pour cela plus de six semaines pour s'en remettre. Le coup certes était terrible et dévastateur, mais elle avait pris sur soi, de ne pas se laisser abattre au point de ne plus vivre sa vie.

Dorina n'était nullement responsable de son infortune. Elle ne lui en tenait pas rigueur et ne cherchait pas à l'éviter. Pour aimer quelqu'un, elle n'avait pas à lui demander son avis. Elle avait eu tout simplement la bonne fortune de rencontrer quelqu'un qui lui plaisait et lui convenait. Elle ne lui avait pas ravi Médéric ; ils s'étaient simplement croisés et ils s'étaient plu.

*

Littéraire qu'elle était, elle se disait pas forcément pour se consoler, que Dorina et elles n'étaient les personnages ni d'un même roman ni d'un même scénario, pour autant que leur histoire personnelle puisse être envisagée de la sorte. Pour ce qui était d'elle, elle espérait qu'un jour viendrait où à son tour elle trouverait, sans même s'y attendre, un garçon désireux de partager sa vie, et qu'à eux deux ils trouveraient dans leur entente amoureuse et leur complicité d'âme amplement matière à l'écriture d'un même livre, celui de leur union, en dépit des aléas, des difficultés, des incertitudes de toute histoire commune.

En attendant cet événement, sa souffrance intime demeurait incisive et cruelle.

Sa réaction première devant la relation apparemment durable de Dorina et de Médéric n'était que trop hâtive et superficielle par rapport à tout ce qu'elle avait appris et compris de la complexité humaine et des états d'âme ténébreux et embrouillés au travers des livres parcourus, objets de sa formation universitaire.

Elle en était consciente, bien sûr. Elle savait combien les blessures et les déchirures du cœur mettaient du temps à se cicatriser. Une lutte plus que tenace entre le corps et l'esprit, entre la connaissance immédiate que l'on a d'un événement et le comportement que l'on s'impose pour en cacher le trouble, entre la clarté apparente du raisonnement et les effets émotifs et dévastateurs, de l'ordre du subconscient. Il lui faudrait en réalité bien du temps pour en réduire les contrecoups et regagner un nouvel équilibre. Le mieux pour elle, en attendant, était de s'enfermer en elle-même, de se cloîtrer dans son intériorité, et de faire de ce retour à soi comme un désert privé lui ouvrant d'autres horizons.

*

Ce retour sur elle-même lui avait valu de comprendre que l'aveu de Dorina concernant sa relation amoureuse avec Médéric lui avait été somme toute d'un grand secours. Malgré l'arrière-goût de sa profonde déception, elle se soumettait à l'idée que la liberté de celui que l'on voudrait aimer ne se commande pas et que les fulgurances dont nous sommes parfois traversés n'ont rien d'une certitude. Et il n'est pas rare que le premier regard que l'on porte sur un être dont on se sent subitement captif n'ait rien d'autre en réalité que les attributs d'une création de l'esprit et d'un fuyant mirage.

*

Antoinette avait tant bien que mal repris sa vie ordinaire. Elle avait décidé de revenir à ses préoccupations usuelles et de diluer progressivement la hantise dont jusque-là elle était troublée — comme on efface d'un tableau intérieur les mots, les phrases et les pensées gravés en lettres d'or en dedans de soi-même. Un processus difficile, mais nécessaire, qui plonge peu à peu dans l'oubli cela même que l'on mêlait intimement à ses projets de vie. Il s'agissait pour elle de se retrouver comme si c'était la toute première fois qu'elle ouvrait les yeux sur le monde, dans la prime innocence des désirs. Une virginité toute neuve à la croisée des chemins.

*

C'était sans compter avec les épreuves de la vie. En effet, alors qu'il lui restait à peine six mois pour terminer ses études, obtenir ses diplômes et entamer à son tour une longue carrière d'enseignante, on lui avait annoncé que son père, Hervé Bérard, venait d'être victime d'un éboulement dans l'ardoisière où il travaillait et que ses blessures mettaient sa vie en danger. Antoinette, à l'apprendre, en était anéantie au point d'en vouloir à l'extrême cruauté de l'existence. Fille unique, elle était depuis sa tendre enfance en admiration devant un père si dévoué pour sa famille, au point de s'oublier lui-même. Un père aimant et un travailleur acharné dont le dessein et presque la mission était d'établir, pour sa femme Georgianna et la fille dont il rêvait, les meilleures conditions d'un bonheur durable. Antoinette s'était

140

toujours efforcée d'être à la hauteur de ses attentes, de susciter en lui le sentiment et la satisfaction que le travail pénible auquel il s'exposait avait, à voir l'épanouissement de sa femme et de sa fille, toute sa raison d'être. Elle le lui montrait par son effort, sa discipline, et son empressement à apprendre. Pour lui qui n'avait eu, en raison de son milieu, ni l'avantage ni les conditions voulues pour se cultiver, la réussite de sa fille était aussi la sienne — par procuration. En plaisantant avec certains de ses camarades, il leur aurait dit que les diplômes de sa fille étaient aussi les siens. Cela avait fait le tour du chantier et était même parvenu aux oreilles de Georgianna. Elle en avait bien ri. « Cela ne m'étonne pas, leur avait-elle confié. Sa fille et lui ne font qu'un. »

*

Antoinette était impatiente d'arriver au chevet de son père. Le train n'allait pas assez vite tant son cœur battait d'inquiétude. Elle réclamait des dieux de ne pas lui enlever son père. Elle en voulait aux coups bas ou plus exactement aux trahisons de la vie et plus encore à la mort. Deux complices occupés à se nuire.

Plus le train avançait, plus les souvenirs de son enfance défilaient dans sa mémoire. Des moments heureux dont elle était comblée ; des parents en appétit de vivre. Ils savaient, bien sûr, que la vie n'avait qu'un temps, mais leur souci premier était de ne pas trop s'y attarder et de faire en sorte, avant de connaître le pays des morts, de profiter le mieux possible de celui des vivants. Ces souvenirs défilaient à toute allure dans sa mémoire.

*

Arrivée à l'hôpital, Antoinette avait aperçu de loin sa mère dans la salle d'attente. Elle avait plutôt l'air d'une femme prostrée, habillée de silence comme c'est le cas des êtres endeuillés, le teint livide et les yeux délavés. À la vue de sa fille,

141

elle s'était levée dans un effort surhumain et l'entourant de ses bras, elle s'était mise à pleurer comme si son corps broyé se vidait tout d'un coup de ses larmes jusque-là contenues. Antoinette avait bien compris que son père n'était plus de ce monde. Un malheur silencieux qui se passait de mots...

*

Les funérailles célébrées, Georgianna s'était retirée en elle-même, telle une âme cloîtrée. Elle avait cédé à Florence et à Maude l'usufruit de la lingerie, réservant une part du capital à Antoinette.

*

Le chemin du retour avait été pour Antoinette un véritable supplice. Une âme pétrifiée tant sa douleur était intense. Elle avait appuyé sa tête contre la banquette du train où elle était assise — proche de la fenêtre latérale d'où l'on pouvait suivre l'enchaînement extérieur des couleurs et des formes de l'horizon — pour ne pas apitoyer sur son sort les autres voyageurs. Elle faisait semblant de dormir comme si elle cherchait à se retirer du monde. Elle souhaitait même que le train ne s'arrêtât jamais ; un voyage sans contenu, sans paysage, sans une gare d'arrivée, sans le bruit strident des sifflets ; un voyage finissant tout bonnement dans la viduité du néant. Une façon comme une autre de rejoindre dans la mort celle de son père. Le train pourtant s'était arrêté dans le vacarme des bruits stridents de ses freins sur les rails. Elle était encore bien vivante, dépitée de constater que sa vie n'avait pas été absorbée par la disparition et l'éclipse définitives de son père. De toute évidence, elle se voyait condamnée à vivre sa propre vie, sans pouvoir échapper à elle-même.

*

De retour chez elle, elle se trouvait dans un état proche de l'inconfort, comme si un monstre ailé l'avait brutalement déposée par terre et la punissait de continuer d'exister contrairement à son désir de sombrer dans l'antre obscur du néant. Plus que jamais malheureuse, elle se jurait de trouver le moyen de se venger et de railler une vie, la sienne, qui n'avait rien des traits de la mort. Le père follement aimé l'avait à jamais abandonnée, l'abîmant dans une existence irrémédiablement orpheline. La façon dont elle avait décidé de s'y prendre aurait de quoi inquiéter le collège des psychiatres. En effet, embrouillée qu'elle était dans ses jugements et sa solitude, il lui semblait n'avoir d'autre échappatoire que de s'abandonner aux lois premières de l'instinct. Une échappatoire propre à la femme originelle ; celle de s'en remettre à une sexualité mythique et archaïque capable — comme une délivrance et une dépossession — de donner vie à la mort. Un mouvement du corps qui fermait les portes de l'esprit et de la raison raisonnante pour s'abandonner à un rituel orgiaque dont elle était pour la toute première fois envoûtée.

Durant deux bons mois, tous les samedis soir, à la fermeture des boîtes de nuit de la place où elle se sentait disparaître, elle livrait son corps vide de tout à l'avidité de beaux diseurs. Une façon, fort étrange, de fermer sans retour le cercueil de son père et de s'en apaiser…

*

Ce n'est que bien plus tard, revenant sur cette période à la fois difficile et étrange de sa vie, elle avait compris qu'elle avait fait naître en son âme un îlet asséché et désertique. Un entre-temps qui de surcroît mettait à mal les valeurs auxquelles jusque-là elle adhérait. Une parenthèse dont la mémoire la hantera toute sa vie. Elle devenait cette femme trop humaine dans sa fragilité. Elle avait beau faire le choix de l'ascèse dans le but de se punir et de se racheter, rien n'arrivait à effacer de son histoire personnelle ces traces tenaces et impérissables de son existence.

*

Ses études, fort heureusement, lui avaient servi de dérobade et d'évasion. Jamais comme auparavant elle ne s'y était plongée avec autant d'ardeur et de voracité ! On eût dit que son intelligence s'était soudainement développée comme pour donner à l'esprit sa revanche sur le corps. Une sorte de représailles qui se traduisaient par un parcours sans fautes dans l'obtention de ses diplômes. Elle aurait pu aisément se trouver un poste dans une grande université, mais elle avait préféré enseigner dans un collège où les jeunes friands d'expériences diverses se trouvaient dans leur fraîcheur et leur curiosité à la croisée des chemins entre leur adolescence et le monde adulte. Elle se retrouvait en eux, leur offrant toutes les ressources de son intelligence et de son cœur, en leur souhaitant de ne pas s'exposer aux mêmes erreurs par lesquelles elle était passée. Ce lien affectif lui donnait les enfants qu'elle n'avait pas, quoique désirés. Son rapport avec les hommes avait quelque chose de brisé : ceux du collège, comme ceux du dehors qu'elle côtoyait, au hasard des rencontres.

*

Elle en cherchait la cause sans pouvoir la trouver. Peut-être que le repli sur elle-même et la prévention à leur égard, proche de la méfiance, leur enlevait l'envie de la courtiser. Sans le savoir, on lui avait donné la réputation d'une intellectuelle dont seule la tête était admirable, et qui avait fait de son corps un bouclier, un sanctuaire, un retranchement. Plus les jours passaient, plus elle éprouvait le sentiment de devenir « vieille fille » ; une épithète qui la mettait à part et lui prêtait des attributs injustes.

*

Tant qu'elle était professionnellement active, elle ne prêtait guère attention aux quolibets malveillants. Elle trouvait dans ses préparations de cours un monde vaste et réconfortant qui la mettait à l'abri des hommes, mais aussi des femmes, à l'esprit étroit. Elle s'en abstrayait et trouvait dans la littérature un espace qui la mettait à l'abri des railleries et des sarcasmes venant de la méchanceté gratuite des autres.

Mais, au fil des jours, les années s'étaient accumulées et avaient fait d'elle une dame âgée aux cheveux grisonnants, au visage ridé et au cou plissé. Bref, une femme bonne pour la retraite, son corps n'étant plus à la mesure de son esprit. Il lui fallait bel et bien se soumettre au diktat de l'usure et du vieillissement. Cette période périlleuse où l'horizon de la vie nous rapproche de la frontière du trépas et du sommeil éternel. Cela avait été depuis longtemps le cas de sa vieille mère Georgianna emportée par une embolie pulmonaire. Elle s'était brutalement retrouvée, tel un navire-orphelin au cœur de l'océan, loin de ses amarres et de son quai d'attache.

*

Pour éviter dans sa mélancolie une dépression progressive, elle avait alors décidé de se mettre au service de la paroisse Sainte-Geneviève et d'aider le Père Conrad Gervais en tant que dame patronnesse s'occupant des bonnes œuvres. Une occupation en soi généreuse, mais qui s'exposait à des commentaires malplaisants de ceux qui finiraient par la tenir pour une dévote de bénitier, pour ne pas en dire davantage. C'est ainsi qu'elle avait fait la connaissance d'Agathe Frémond qui rejetant les préjugés à son égard n'avait pas tardé à reconnaître sa grande intelligence et son imposante culture et en avait fait son amie, en plus d'apprendre que, comme elle, elle avait exercé une longue carrière d'enseignante. Cette amitié, faite de respect mutuel et de grande estime, avait scellé entre elles des liens impérissables, sans qu'ils eussent besoin de se le dire.

*

Jamais Antoinette n'avait cherché à sonder l'histoire personnelle d'Agathe, à en savoir l'itinéraire, les moments forts, les malheurs et les désillusions. Il en était de même d'Agathe. Pour ce qui est d'Antoinette, elle avait été frappée par l'amour dont Agathe enveloppait la petite Émilienne. Un tel attachement ravivait sa profonde douleur de n'avoir pas d'enfant. Elle en était rongée, et ses occupations n'arrivaient pas à l'en détourner. Et c'est une telle solitude dont elle était imprégnée qui l'avait portée à préférer la mort — à titre de délivrance. Et l'inscription qu'elle avait voulu voir graver sur sa pierre tombale résumait parfaitement et en une phrase son histoire personnelle : « ICI, REPOSE ANTOINETTE BÉRARD ET SON EXIL ».

III

« *Maintenant que je ne suis plus de ce monde, je te laisse l'histoire de ma vie qui est en partie la tienne pour que tu saches la vérité.* » Tels étaient les mots de sa grand-mère Agathe à l'intention d'Émilienne.

*

Émilienne se rappelait, alors qu'elle était encore à l'école secondaire et qu'elle faisait ses devoirs et qu'elle pouvait des yeux apercevoir sa grand-mère assise à son bureau, combien elle passait d'heures à écrire quelque chose qui avait tout l'air d'un journal intime et qui lui servirait en quelque sorte de testament.

Le notaire le lui avait remis comme convenu pour qu'elle soit au courant du lien et des raisons qui la rattachaient à sa grand-mère, en l'absence d'une mère morte en couches et d'un père qui l'avait reconnue pour la forme et qui n'avait pas tardé à disparaître tel un fantôme insaisissable — ce qui faisait d'elle à tout jamais l'orpheline non seulement d'une morte, mais encore d'un vivant.

*

Le tableau généalogique était ainsi dressé, tel un arbre à plusieurs branches.

Sa grand-mère Agathe qu'elle adorait et dont elle regrettait la disparition à la suite d'un infarctus était la fille d'André Dufour, propriétaire d'un commerce, et d'Alberte Perrin, femme au foyer, ainsi que le voulait l'époque. Agathe avait deux frères, Gérald et Armand, de caractère et de naturel fort différents. Leur père était tout-puissant et tout le monde — y compris sa mère — devait lui obéir au doigt et à l'œil. Un père autoritaire, et de surcroît irascible. Sa grand-mère Agathe — à lire entre les lignes de son journal intime — avait le net sentiment que son père n'avait souhaité avoir pour progéniture que des garçons et que le contraire lui eût paru désastreux ; non seulement pour l'entreprise commerciale dont il était le propriétaire, mais aussi dans sa vie strictement personnelle.

La venue au monde d'Agathe lui était un événement secondaire. Selon un schéma proprement patriarcal remontant à la nuit des temps et en dépit des avancées de la culture et du monde, son attention de tous les jours allait à ses deux garçons. Il considérait sa fille Agathe comme un simple complément de ses structures mentales. Oubliant qu'il avait eu une mère, les filles à ses yeux n'avaient qu'une importance dérisoire.

*

Jamais il ne s'inquiétait des résultats scolaires de sa fille, laissant une telle corvée à sa femme Alberte.

Il n'en était pas de même de ses garçons. Il félicitait Gérald, un garçon docile et de surcroît intelligent, qui faisait tout pour lui plaire et qui avait hâte de prendre un jour sa relève.

En plus de lui donner pleine satisfaction par ses résultats scolaires, Gérald profitait de ses week-ends pour l'accompagner à son commerce. Il y restait plusieurs heures à observer comment il s'y prenait avec ses clients, ses stratégies de vente, sa façon de bien gérer son entreprise commerciale pour en faire un succès.

André Dufour en profitait pour lui communiquer quelques principes de base de sa réussite commerciale : le travail, le flair, l'entêtement, le goût du risque, la manière de traiter et d'allécher le client, l'art de la présentation des produits. Un véritable apprentissage pour son fils sur le vif de la réalité.

Rien à voir avec des études purement théoriques... Il se félicitait d'ailleurs de n'être pas passé par les grandes écoles, répétant à maintes reprises que le plus important était de posséder avant tout le sens des affaires. Tout le reste découlait des acquis de l'expérience. Ce disant, il devenait inconsciemment un enseignant. Une façon comme une autre de mettre son fils en appétit de le remplacer un jour — en tout point semblable à la méthode dont il se servait auprès des clients pour arriver à leur vendre une marchandise.

*

Quant à son autre fils Armand qui avait de piètres résultats scolaires principalement en mathématiques, il le traitait de médiocre et de paresseux en espérant qu'il finirait par prendre son autre frère pour modèle.

*

Jamais il ne donnait leur sœur Agathe en exemple. Un parti-pris bien ancré. Celui de ne traiter qu'entre hommes ce que, dans ses préjugés, il appelait des « affaires d'hommes ». Le plus souvent, en parlant d'elle, il la traitait de rêveuse perdue dans ses chimères et ses caprices de femme. Le plus souvent, de telles épithètes agaçaient et affligeaient sa mère Alberte qui se gardait bien de prendre ouvertement le contre-pied de son mari dont elle redoutait la colère et l'arbitraire. Elle préférait se réserver des moments d'aparté avec sa fille pour alléger sa peine en lui faisant remarquer que les hommes, de manière générale, ont beaucoup de mal à comprendre les femmes.

*

De telles confidences ne la satisfaisaient guère. Elle se promettait, le moment venu, de prendre sa revanche et en voulait à sa mère de ne jamais lui tenir tête et de consentir à ce que son père soit dans la maison un odieux autocrate, sous prétexte de ne pas faire naître et entretenir dans le foyer un climat de révolte. Comparé à elle dont les résultats scolaires étaient stables et dignes de mention, son frère Armand avait largement de quoi attirer les réprimandes de son père, mais le traitement qu'il lui réservait n'atteignait jamais le seuil de la colère et de l'humiliation ouverte. Pour deux raisons : Armand, à ses yeux, avait un caractère viril et cassant ; il faisait aussi de son père son héros et avait pour ambition de s'enrôler un jour dans l'armée dont les règles d'or sont la discipline et l'obéissance. De toute évidence, Armand, dans son côté martial qui le prédisposait à une carrière militaire, partageait le côté antiféministe de son père, avec pour unique exception la grande affection qu'il portait à sa mère, ce ventre mythique dont il tenait la vie.

Agathe, pour s'expliquer une telle exception, avait fini par se donner pour théorie que même les hommes les plus phallocrates conservent une relation spéciale avec leur mère. Du fait que la filiation paternelle — contrairement à celle de la mère — est plus sujette au doute. Elle en voulait pour preuve que des soldats, gravement blessés au combat, et au seuil de la mort, se rappellent une dernière fois leur mère, et — dans un murmure à peine audible — lui lancent un appel, tel un dernier amour.

*

La pauvre Agathe vivait dans cet entourage-là. Si elle en voulait à sa mère de ne pas mettre un frein aux caprices de son mari et de ne pas contrarier ses prises de position digne d'un potentat, elle demeurait tout au fond d'elle-même son âme sœur dans la féminité. Elle savait intuitivement l'amour qu'elle lui portait et, au beau milieu des réprimandes et des colères de son père, son seul regard plein de tendresse lui servait de cuirasse et, quand elle aurait atteint l'âge de quitter ce foyer devenu un enfer, elle ne manquerait pas de lui montrer l'amour contenu qu'elle lui vouait. En attendant une telle libération, Agathe éprouvait une profonde révolte intérieure qui faisait d'elle une adulte avant l'âge. Elle se disait que cette mise à l'écart du reste de sa famille faisait d'elle une vieille âme.

*

Le jour tant rêvé arriva. Elle était partie pour de bon, comme on prend le chemin d'un autre monde. Son père, furieux, s'était juré de lui couper les vivres, de la livrer à elle-même et de la rayer de sa mémoire. C'était sans présumer des ruses de sa mère. En effet, elle était au courant des plans de sa fille et s'en était fait la complice sans que son mari l'eût soupçonné. Une clandestinité de mère à fille dans le but de la libérer comme on le fait d'un oiseau prisonnier de sa cage. Les risques en étaient plus qu'énormes. En effet, dès qu'André Dufour s'était aperçu de l'absence de sa fille et avait pris connaissance de la lettre d'adieu qu'elle avait laissée sur son bureau, sa colère proche de l'apoplexie fut telle qu'il hurla à qui pouvait l'entendre qu'il la déshéritait à tout jamais. Une mort intentionnelle qui rayait le nom même de sa fille de sa mémoire.

*

Maintenant qu'Agathe respirait enfin l'air du large et qu'un monde encore inconnu — et qui était le sien — l'accueillait, elle se devait de réapprendre à vivre par elle-même. Une aventure qui n'était pas de tout repos et qui avait comme corollaire l'apprentissage de ses choix et de sa propre liberté. Une épreuve qui l'introduisait dans une réalité qui ferait d'elle, non par l'âge, mais par l'expérience, une véritable adulte — avec tous les défis et les risques que cela comporte.

*

Elle en était tout à fait consciente et, dans la logique d'une autonomie tant recherchée, elle avait décidé de suivre des cours de philosophie. Cela ne lui assurait pas pour autant d'être en mesure de mieux se comprendre ni de pouvoir extraire d'un monde complexe auquel elle n'était pas habituée ce qu'il y a de meilleur, compte tenu de son expérience passée et de la situation hasardeuse où elle se trouvait. L'idée d'ailleurs qu'elle se faisait de la philosophie lui posait plus de problèmes qu'elle ne lui donnait de solutions. Elle se rappelait, de surcroît, cette phrase énigmatique de Montaigne : « Philosopher, c'est apprendre à mourir. »

Elle était persuadée qu'avant de se réfugier dans l'abstraction il lui fallait partir de l'observation de ce qui lui était proche et accessible — une nature immédiate dont se nourrissent et la sensibilité et la pensée — avant de se faire une quelconque idée de ce qui outrepasse l'horizon de chacun et qui, à défaut d'une proximité, stimule et notre intuition et notre créativité. Elle en avait pour preuve que les philosophes ioniens de l'Antiquité grecque, dans leur naïveté, avaient fait naître la terre de l'eau, de l'air ou du feu, en attendant que d'autres après eux ouvrent des perspectives plus larges — de l'ordre des idées.

*

Elle était, pour sa part, imbue du sentiment de sa précarité, de sa finitude, ainsi que de celui d'une vie ayant pour dernière perspective la certitude de la mort. Cela lui donnait encore plus le goût de vivre intensément, et sa rupture d'avec le foyer familial lui donnait plus que l'eau, l'air, et le feu : l'entière liberté de ses choix, de sa croissance et de sa transformation. Elle avait surtout pour ambition d'aller, en toute humilité, jusqu'au bout de ses possibilités, sans jamais se comparer aux autres.

*

Dès son départ, sa mère — profitant de son statut de *reine du foyer* selon l'expression en usage — avait décidé de mettre tout en œuvre pour lui venir en aide. En effet, dès l'ouverture du commerce de son mari, ils avaient décidé de se partager les tâches. Son mari, occupé à ses affaires, avait fait d'elle le gestionnaire de la maison. Outre les tâches ménagères, elle détenait les pleins pouvoirs dans l'administration d'un budget destiné aux affaires courantes. Elle disposait pour cela d'un petit coffre-fort dont elle avait la clé. Elle n'avait pas de comptes à lui rendre. Tout était laissé à son entière discrétion. Le départ d'Agathe n'avait rien changé à son statut. Elle avait, en ce domaine, les coudées franches.

*

Elle avait remis en cachette à sa fille de quoi s'inscrire à l'université. Elle l'assurait de lui faire parvenir de quoi subvenir à ses besoins tout le temps de ses études. Elle avait fort heureusement dans la même ville qu'elle une amie d'enfance prénommée Fernande. Elle était d'accord pour lui servir d'intermédiaire, de peur d'éveiller les soupçons de son mari — lui tenant lieu en quelque sorte de boîte aux lettres.

C'était là, bien sûr, un pis-aller, car, du fait de son mari, elle se trouvait pour longtemps privée de la présence de sa fille. Un temps sans la voir et la serrer dans ses bras. Un temps qui n'en finissait pas d'attendre. Des larmes intérieures qui rendaient sa vie insupportable.

Agathe — tout autant qu'elle — en souffrait. Un éloignement condamné à un mutisme le plus complet.

*

Elle avait hâte d'obtenir au plus vite son diplôme et de se trouver un poste dans un collège ; de se savoir responsable de son propre avenir et de celui d'un grand nombre de jeunes, de leur procurer les outils conceptuels

153

nécessaires au choix de leurs valeurs ainsi que la responsabilité morale de ce qu'il ferait de leur liberté.

Sans nullement entrer dans le détail de leur vie et de leur relation parentale, elle porterait une attention particulière aux jeunes filles de ses classes. Elle leur donnerait la parole au même titre que les autres et susciterait chez elles l'audace de leur autonomie. Tout un programme qu'elle mûrissait en elle, en rapport avec ce qu'elle avait vécu en fait de souffrances, d'exclusion, d'isolement, de mépris de la part d'un père acariâtre devenu volontairement aveugle de sa présence dans la famille — et de son droit à l'existence.

*

Elle avait mis quatre ans à obtenir son diplôme. Elle n'avait pas tardé à entamer une longue carrière dans l'enseignement en tant que professeure de philosophie. Avant même d'enseigner, elle était déjà une authentique philosophe tant par ses idées personnelles que par la profondeur de ses pensées. Elle attendait de ses étudiants qu'ils apprennent à réfléchir, à peser le pour et le contre des théories et des idées, à trouver en eux-mêmes le chemin de leur pensée. Son souci premier n'était pas tant leur réussite scolaire que celui de les aider à se donner — qu'ils soient garçons ou filles — une incontestable stature humaine.

*

Très vite, sa réputation était devenue proverbiale aussi bien chez ses étudiants que chez leurs parents. Elle n'en retirait aucune gloire narcissique, trop heureuse de les voir changer et trouver le chemin de leur évolution. Son but premier était de transformer son métier d'enseignante en une véritable et viscérale vocation.

*

Depuis qu'elle enseignait, une nouvelle vie s'offrait à elle. Il ne lui manquait que le contact physique avec sa mère pour se sentir vraiment heureuse et se réveiller à l'aube avec la sensation d'une parfaite plénitude. Son père ne savait même pas ce qu'au juste elle était devenue. Si cela avait été le cas, il s'en serait inquiété et aurait pris en considération le chagrin muet de sa mère. C'était trop lui demander. Il ne lui manifestait aucune clémence, faisant d'elle une prisonnière que l'on prive du droit de visite. Une punition bien amère pour elle et sa fille ; telle une passerelle volontairement détruite qu'on ne peut guère plus traverser. Seul un miracle, au demeurant fort improbable, pouvait combler un tel vide. Il revenait à la mémoire d'Agathe ce que la géographie lui avait appris en classe de seconde sur la dérive des continents… Un éloignement progressif — comparable à ce qu'elles vivaient toutes les deux. Une distance que parcourait un courrier à sens unique, épisodique et secret — telles ces barques en papier des jeux d'enfants dont la durée chancelante n'est que temporaire.

*

Combien de fois elle voulait répondre à sa mère ! Elle se ravisait de peur que la colère de son père ne la surveille davantage et fasse de la maison familiale une prison bien gardée et la prive de sortie en dehors de sa présence. Devant de tels risques, elle n'avait d'autre choix que d'attendre un revirement hypothétique de son père que provoqueraient le remords ainsi que la fatigue et la sagesse du temps.

*

Il en résultait que la vie d'Agathe présentait deux dimensions diamétralement opposées : une purement contemplative — son amour pour sa mère ; l'autre proprement active — sa fonction de professeur de philosophie qui lui

155

servait de thérapie dans ses moments de mélancolie et de déchirement quand elle lisait et relisait le courrier clandestin de sa mère. Elle se trouvait dans un état d'équilibre instable que venait réparer un tant soit peu l'ardeur qu'elle mettait à enseigner. Elle se doutait que ses élèves arriveraient à soupçonner au travers de ses cours le combat intérieur qu'elle menait — cet amalgame du sentiment et de la raison, de l'émotion et des idées abstraites et profondes ; une part de nuit, de cauchemar et de rêve au creux de toute luminosité, de tout ensoleillement. Une sorte de clair-obscur intemporel semblable à celui que l'on retrouve chez les peintres flamands.

*

Le seul exutoire pour échapper à son amer délaissement, elle le trouvait dans la fréquentation hebdomadaire de ses étudiants et du corps professoral ; une microsociété qu'elle n'avait guère choisie et qui relevait avant tout de son choix professionnel. Une microsociété semblable pour l'essentiel à celle du dehors ; dans ce qu'elle contient en fait de sympathie et d'antipathie, de surprise, de déception et d'ambiguïté, de méchanceté gratuite, de concurrence et de jalousie. Un monde comme les autres, fait de réticence et parfois d'abandon, de réserve, de perspicacité, et de déconvenue. Devant une telle situation, elle était acquise à l'idée que la sagesse dans la vie n'est pas d'avoir raison, mais de ne s'étonner de rien.

*

L'originalité de son enseignement résidait dans la façon dont elle concevait ses cours. Pour chacun des sujets et des domaines traités, elle se préoccupait de ce que pouvaient au préalable en penser les élèves, quitte à rectifier, à renforcer et à amplifier leurs approches et leurs points de vue. Une méthode pédagogique qui leur donnait le sentiment de

156

participer à leur propre formation ; tout le contraire d'un enseignement dit *magistral* ou en termes encore plus savant, *ex cathedra*. Elle ne craignait nullement de recevoir leurs commentaires, voire leurs critiques, ce qui la menait à les mettre en situation et à en préciser la complexité. Une telle communication n'avait pas avant tout pour but de leur fournir de quoi réussir aux examens, mais de leur conférer le sens des valeurs — et de quoi se constituer une solide et exigeante stature humaine.

*

Le directeur du collège avait décidé de constituer deux comités pédagogiques : le premier consacré aux sciences ; le second, aux sciences humaines. Leur objectif était de mettre en œuvre des approches qui facilitent chez les élèves l'appropriation personnelle des connaissances, ce qui leur éviterait le travers tant répandu de répéter de mémoire, presque mot pour mot, l'enseignement du maître.

Agathe s'était réjouie d'une telle initiative qui correspondait à l'idée qu'elle se faisait de sa profession. Le va-et-vient du maître à l'élève et de l'élève au maître, favorable à la vérification des connaissances réellement acquises, éviterait un savoir purement livresque. Elle souhaitait que la création de tels comités finisse par avoir pour effet une cohésion et une méthodologie commune, peu importe la matière enseignée.

*

Parmi les membres de son comité, elle avait été très vite frappée par la vision de l'histoire d'un certain Benoît Frémond. Il s'opposait en effet à une histoire purement événementielle chargée de dates et d'événements, de quoi encombrer inutilement, et de surcroît provisoirement, la mémoire. Il lui préférait une histoire faisant ressortir les grands changements

157

historiques – culturels, sociaux, artistiques, économiques, scientifiques, et tout simplement humains dans ce qu'ils avaient à la fois de positif, de misérable et de tragique. Une histoire qui ne perd pas de vue, au travers des époques, l'évolution ou la régression de la condition humaine. Il incluait dans le paysage historique l'évolution des courants philosophiques à travers le monde. À l'entendre, Agathe éprouvait le goût d'entretenir durablement un dialogue avec lui.

*

Au fur et à mesure de ces réunions, le rapport de l'un à l'autre avait graduellement évolué, les échanges intellectuels s'accompagnant de clins d'œil furtifs, presque clandestins, mêlant les affinités latentes aux débats proprement intellectuels, au point d'ébranler les rigueurs de l'esprit. Une réciprocité encore tacite qui éprouvait bien du mal à se contrôler et à se ménager du temps. Elle se rappelait encore l'image qu'elle avait de son père, de sa cruauté, de son étroitesse d'esprit, qui l'avait contrainte à se replier sur elle-même et à se méfier des hommes. Or, tout d'un coup, elle se trouvait en face d'un homme, d'une tout autre nature, qui lui ouvrait la perspective de rester totalement elle-même, dans sa profonde féminité tout en rendant concevable un rapport amoureux et passionnel, capable de lui offrir, sans des blessures insupportables et catastrophiques, un avenir souhaitable. Elle sentait au creux d'elle-même qu'elle pourrait aux côtés de Benoît donner un sens à sa vie et, comme le commun des gens, affronter les hauts et les bas de l'existence, les bonheurs comme les malheurs inhérents à la condition humaine et aux aléas des jours. Elle souhaitait plus que tout que son amour pour Benoît puisse réparer les rêves brisés de sa mère.

*

158

Elle était tentée d'apprendre à sa mère ce qu'elle était devenue et lui faire part de sa rencontre avec Benoît qui semblait lui réserver un autre avenir. Elle y avait renoncé de peur de réveiller les vieux démons de son père et d'ajouter à l'isolement de sa mère une volée de jurons, de menaces et d'interdits. Il lui fallait trouver autre chose et passer par les chemins de la stratégie et de la ruse. Elle se rappelait que, petite, elle jouait à cache-cache avec d'autres amies du quartier et de l'école. Elle pourrait s'en inspirer pour tromper la surveillance draconienne que son père imposait à sa mère. Il lui fallait trouver d'autres détours pour l'en délivrer. Maintenant qu'elle était à son tour femme et amoureuse, il fallait à tout prix mettre une amie d'enfance de sa mère du nom de Fernande au courant de l'idée qui lui était venue à l'esprit. De même que sa mère avait fait de Fernande sa boîte aux lettres, il lui fallait trouver une autre amie d'enfance qui habitait la même ville qu'elle et qui, excepté le nom, ne serait autre qu'elle-même ; une duperie qui lui permettrait d'entretenir une correspondance directe avec sa mère. Elle s'appellerait, pour les besoins de la cause, Irène Lescure. Fernande, dès qu'elle fut mise au courant de ce moyen astucieux et n'y voyant aucune objection, s'était empressée de faire savoir à son amie Alberte qu'elle avait rencontrée par hasard une autre de leurs amies d'enfance qui habitait la même ville et qui après avoir entrepris de brillantes études enseignait la philosophie dans un collège proche de chez elle. Elle s'était arrangée pour faire comprendre à Alberte qu'Irène Lescure avait beaucoup à lui dire et qu'en souvenir de son étroite amitié elle avait donné à sa fille le prénom d'Agathe. Elle avait surtout pris soin de lui transmettre son adresse qui n'était rien d'autre que celle de la vraie Agathe. Un heureux mensonge dont Alberte Perrin avait très vite déchiffré l'énigme et qui donna lieu, sous ce faux nom d'Irène Lescure, à une réciprocité épistolaire réunissant dans un plein amour retrouvé et la mère et la fille. Une rencontre encore aveugle, mais où le cœur y était.

*

159

La relation amoureuse entre Agathe et Benoît, d'abord intuitive, se précisait de jour en jour. Le temps éveillé ne suffisait plus à leur besoin d'être ensemble. Dès que leur horaire le permettait, tels des aimants, ils ressentaient la nécessité impérieuse de se retrouver, d'être aux côtés l'un de l'autre, de se respirer, de se toucher, de se palper, de se prendre par la main ou par la taille, comme si déjà ils ne faisaient qu'un. Sur leur îlot de bonheur, les bruits ambiants n'étaient que feutrés ; ils les entendaient à peine, ainsi que le murmure des vagues, le long des plages lointaines à marée basse. La nuit venue, ils se retrouvaient encore et leurs rêves prolongeaient leur propre histoire qui, dans leurs rêveries, ajoutait mille autres aspects de leur intimité et de leur réalité fusionnelle et indissociable. La nuit comme le jour leur réservait de ces moments sacrés, qui ressemblaient peut-être à celles d'une multitude d'autres, mais qui avaient leur cachet propre, comme les milliards d'étoiles se côtoient dans le même ciel sans pour autant se ressembler. Le professeur de philosophie, dont la pensée de l'être aimé ne cessait d'occuper l'esprit, en éprouvait maintes fois le vertige, laissant alors libre cours à l'irrationnel et à la déraison, trouvant dans ces moments de bonheur une saveur d'éternité. Le professeur d'histoire, quant à lui, voyait, dans le feuilleton des jours passés au côté d'Agathe, une histoire non écrite dont il inventait le récit et où la geste de l'amour se mêlait aux légendes et aux sagas de l'ineffable.

*

Agathe, dans sa relation avec Benoît, avait le sentiment de naître enfin à elle-même, de passer des limbes du rejet à son affranchissement ; à son entière rédemption. Tel un aigle de mer, destiné au grand large et jusque-là encagé, auquel on ouvre finalement les portes du grand vent et des espaces. Elle avait tellement hâte de pouvoir crier à sa mère son bonheur, mais elle s'en abstenait de peur de réveiller en elle son propre enfermement ; et de faire naître en elle un sentiment de culpabilité pour n'avoir pas eu le courage de contrecarrer la domination injustifiable de son père. Lui avouer un tel bonheur ne manquerait pas de susciter en elle ces larmes intérieures, plus dangereuses que celles que l'on donne à voir ; des larmes que l'on enfouit au fond de son âme et de sa chair et qui, contrairement aux eaux fécondes des jardins et des fleurs, n'ont d'autre issue que la vacuité propre à la stérilité. Des larmes qui font du mal et qui ne creusent aucun chemin.

*

Elle trouvait tellement absurde, pénible et étranger qu'elle soit obligée d'écrire à sa mère sous le faux nom d'Irène Lescure, sous le seul prétexte de n'éveiller aucun soupçon. Une doublure qui faisait d'elle — une fois de trop — une inconnue. Rien d'autre, au temps de sa pleine adolescence, ne l'aurait tenue en vie et ne lui aurait arraché la tentation de se jeter du haut d'une falaise ou au fond d'un puits que le regard de tendresse et de vérité que lui témoignait sa mère. Sans un tel regard, témoin d'une affection inconditionnelle, elle se serait perçue comme une orpheline de père et de mère — bien que vivants — que n'attirait aucune adoption. Pour apaiser son chagrin et distraire quelque peu sa solitude, elle devait se contenter de lettres écrites sous un faux nom — et presque d'outre-tombe. Une situation intolérable dont un père hargneux et atrabilaire n'était que le seul responsable.

Elle ne pouvait à vrai dire souhaiter sa mort, bien que l'idée lui fût venue, pour ne pas briser chez sa mère un amour profond d'avant sa naissance et qui depuis se trouvait lacéré. Elle ne pouvait même pas espérer que le temps puisse un jour défaire en lui des certitudes incurables que nourrissaient d'atroces préjugés.

*

Les professeurs du collège, tant les hommes que les femmes, soupçonnaient de jour en jour davantage l'intensité de leur relation et le bruit courait déjà, de bouche à oreille, de leur amour naissant. Agathe et Benoît s'en rendaient bien compte — à leur regard, à leur sourire en coin, comme si en dehors de leurs livres et de leurs cours, ils présageaient quelque chose de semblable à l'apparition d'un nouveau printemps.

Plusieurs professeurs du collège étaient mariés. Agathe et Benoît ne savaient rien de leur couple et, à les croiser dans les couloirs et dans les salles réservées aux enseignants, ils ne pouvaient deviner, exception faite de ceux qui les fréquentaient en dehors de l'établissement, lesquels d'entre eux étaient comblés et ceux qui l'étaient moins.

Agathe, quant à elle, savait d'expérience à quoi ressemblait celui de ses parents ; une image défraîchie, difforme et tourmentée de ce à quoi l'on pouvait s'attendre. Ceux de Benoît, de leur côté, avaient divorcé — deux cœurs fatigués de leur vie commune, loin des tendresses et des ivresses du début ; des parcours devenus parallèles et qui ne se rencontraient plus. Ils avaient fini par se voir sans se reconnaître encore moins se comprendre.

*

Agathe comme Benoît étaient au fait des ravages du temps. Bien des fois, dans leurs échanges, ils avaient réfléchi sur les pièges et les duperies d'un amour mal conçu et dont l'effet serait un amour mal vécu. Ils se disaient — comme pour s'en convaincre et s'en épargner en tenant compte de leur histoire familiale — que l'amour ne dépendait pas d'une quelconque génétique. Son principal adversaire n'était guère l'hérédité, mais plutôt l'habitude ; cette répétition machinale des mêmes comportements, des façons de penser, et d'agir. Ils se juraient de ne pas contrarier leur rêve et de se donner, en dépit des contrariétés et des embarras de la vie, des aventures communes. Cela exigeait une forte dose d'attention et de renouvellement. Ils s'étaient, ce disant, embrassés, comme pour conclure un pacte — celui de s'enrichir mutuellement, sans rien ôter de leur singularité, et de ne pas habiter plus tard deux mondes opposés, dans les quelques mètres carrés de ce qui sera un jour leur demeure.

*

Il leur tardait de sceller leur union officiellement pour être reconnus de tous comme mari et femme en choisissant la façon rituelle propre à nos sociétés leur conférant le droit d'être ensemble et d'être inscrits dans les registres publics. Bien sûr, ils auraient bien pu décider de vivre tout bonnement sans recourir à une cérémonie ostentatoire, mais ils préféraient le faire devant témoin pour rehausser leurs épousailles et leur ajouter un caractère rituel et sacré ; d'abord à la mairie, puis devant un officier du culte. Cela, pour autant, ne voulait nullement dire qu'ils le faisaient pour être en paix avec leur conscience et s'attirer la bénédiction divine dans un contexte sacramentel. L'amour et la passion l'un de l'autre leur suffisaient amplement ; tout le reste dépendait de la manière dont ils voulaient vivre et dont les données n'étaient pas inscrites d'avance ; un parcours imprévisible fait d'événements heureux et malheureux, d'aurores printanières et de tempêtes d'hiver — ayant pour archétype cette nature où nous sommes tous plongés et où les modalités de la vie se mélangent aux grimaces et aux attraits de la mort. Ce qui fait que de son vivant on est à l'abri de rien.

*

Agathe et Benoît étaient tous les deux d'obédience chrétienne, mais pas de la même confession. Agathe était catholique et Benoît protestant. Ils l'étaient de naissance,

163

comme on naît dans un pays plutôt qu'un autre, d'une race plutôt qu'une autre, d'une classe sociale au contraire d'une autre. Pour eux, rien de particulier n'avait d'importance, sauf de s'aimer. Leur critère n'était pas de se soucier d'où ils venaient, mais où ils voulaient se rendre. Des projets communs qui scelleraient à jamais leur unité. Une architecture du cœur où l'on se retrouve dans l'autre. Ils étaient tous les deux partisans du fait qu'on ne devrait surtout jamais se marier dans le seul but de faire plaisir aux autres ou pour tout autre motif extérieur à soi-même. L'amour ne se marchande pas, il se vit. C'était là leur boussole, et ils en étaient heureux.

*

En matière de religion comme en tout autre domaine, la seule évidence que nous ayons est que notre existence est faite d'ambiguïtés et que nous parcourons à notre façon et les chemins du mal et ceux du bien, et la liberté de conscience dont nous sommes pourvus en est l'incontournable témoin. Bien souvent, Benoît et Agathe partageaient sous l'angle propre à leurs spécialités, philosophique et historique, l'idée qu'ils se faisaient des religions. Ils étaient d'accord pour leur reconnaître le rôle immense qu'elles ont joué tout au long de l'histoire ; aussi bien dans les domaines matériel, culturel, institutionnel et artistique. Les moines ont en effet défriché des terres, ont été copistes, ont laissé des manuscrits inestimables ; l'architecture religieuse, de son côté, au service de la foi et de la spiritualité a produit des chefs-d'œuvre qui ont traversé les siècles et ne cessent de susciter notre admiration. Ils nous laissent, dans la pierre, dans leurs peintures, dans leurs vitraux la marque de la transcendance et du sacré. Un patrimoine qui a rassemblé des milliers d'êtres humains. Les moniales, séparément, ont elles aussi apporté leur contribution dans différentes sphères.

En plus des moines et des moniales, des prêtres, des religieux et des religieuses — pour ainsi dire hors des murs et des clôtures — ont consacré leur vie dans un contact plus étroit avec le monde laïc. Tous les continents, du fait de l'inquiétude des humains devant la mort et dans leur effort à trouver un sens à la vie, se sont dotés, sous diverses appellations, de religions diverses, monothéistes ou polythéistes, animistes ou révélées ; religions qui se sont efforcées de trouver des réponses aux multiples questions relatives à notre présence éphémère sur terre. Un besoin enraciné d'apaisement et de certitudes — celles de la foi — au-delà des épreuves et des observations courantes.

*

Nul ne conteste le bien-fondé de telles institutions et les bienfaits qui en résultent et qui tempèrent l'angoisse dont nous sommes étreints face à l'idée de la mort, en nous promettant une vie post mortem durable et définitive ; une perspective d'un autre ordre que celle des sciences terrestres auxquelles nous sommes habitués. Une vision dont nous n'avons ni la preuve ni la contre-vérité ; qui va au-delà de notre compréhension et de nos investigations. Une perspective qui, dans la plus stricte précaution, nous amène à dire à la fois que les croyants ont peut-être raison et que les athées n'ont peut-être pas tort.

Ce serait un bien mauvais raisonnement que d'avancer l'idée que le nombre de croyants en un au-delà de la mort est probablement plus grand que celui des non-croyants. Quand bien même ce serait prouvé, un tel recours aux chiffres ne serait d'aucune portée. Nous faisons ainsi face à un non-savoir qui dépasse d'un côté comme de l'autre nos connaissances, nos myopies et nos capacités temporelles. Agathe, pour sa part, se souvenait d'avoir lu quelque part que de nombreux mystiques, habitués aux chemins de l'ombre et de mystère, faisaient de la foi sur cette terre une prescience de l'invisible.

*

Benoît et Agathe en étaient là de leurs échanges. À la surprise de Benoît, Agathe avait décidé de se marier dans un temple protestant plutôt que dans une église catholique. Il ne s'agissait pas de sa part d'une migration amoureuse qui la faisait passer d'une religion à une autre et jamais Benoît, quant à lui, ne lui avait imposé une telle démarche. Elle avait pris de son plein gré une telle décision parce qu'elle préférait à l'Église catholique la simplicité du protestantisme : les pasteurs avaient femme et enfants et ne se dissociaient pas de la condition humaine tout en s'occupant de spiritualité. Ils passaient par les mêmes expériences, les mêmes soucis, les mêmes embûches que le reste de l'humanité. Ils étaient en cela redevables de Martin Luther qui avait coupé tout lien avec le catholicisme pour échapper au carcan de ses institutions qui voyaient avant tout en leurs fidèles des pécheurs qu'il fallait confesser et punir de mille façons pour leur éviter l'enfer ; ils leur offraient toute une série d'indulgences ; un commerce honteux qui leur assurait de quoi réparer leurs fautes et expier leurs péchés, alors que pour lui l'essentiel ne résidait pas avant tout dans l'expiation des péchés, mais dans une foi inébranlable et dans l'intériorisation des valeurs cardinales du christianisme. De plus, elle appréciait le fait que les pasteurs, en dehors de leur fonction, demeuraient des hommes comme les autres et partageaient toutes les caractéristiques de l'espèce humaine.

*

Le sacerdoce catholique et tous les échelons de la hiérarchie de l'Église — du simple prêtre à la papauté — étaient aux yeux d'Agathe une affaire d'hommes de type patriarcal et dont la consécration leur conférait les attributs plus proches de celles de Dieu que de ceux des humains. Ils étaient d'un autre monde, entre ciel et terre, alors que leurs paroles données pour vérités ne correspondaient pas nécessairement, et de loin, à leurs comportements personnels dont ils refoulaient l'existence. Une dualité secrète que l'ascétisme et la mortification n'arrivent pas à annuler. Cette part de mensonges au cœur des vérités. Des médecins de l'âme au détriment de leurs propres corps dont ils feignent d'ignorer les besoins et les exigences.

*

Pour toutes ces raisons, Agathe choisissait de recevoir la bénédiction nuptiale des mains d'un pasteur protestant. Cela ne signifiait pas pour autant un abandon du catholicisme, mais correspondait à cette part de révolte qui la caractérisait depuis le sentiment de rejet et d'exil dont elle était habitée. Elle avait même eu l'idée de se faire offrir une bible protestante qu'elle garderait et consulterait parmi ses livres de chevet. Une abjuration intérieure qui n'enlevait rien à ce qu'elle tenait pour essentiel. Elle resterait catholique tout en ayant une part de protestantisme — un œcuménisme hors du commun.

*

Agathe était loin de prendre pour exemple la vie maritale de son père et de sa mère. Un contre-exemple qui lui donnait la nausée. Il avait fait de sa mère Alberte une femme punie et d'elle une étrangère. Il lui avait interdit d'exhiber ses photos dans la maison. Sa méchanceté l'avait réduite à l'état d'une morte vivante. Cela faisait de lui un authentique bourreau et de son épouse une femme écartelée. Elle avait bien souvent envie de lui hurler sa peine ; elle s'en abstenait pour ne pas ajouter son propre enfer à celui de sa fille qu'elle aimait en de telles circonstances plus qu'elle-même.

*

Agathe était malheureuse de devoir prendre un nom d'emprunt pour garder le contact avec sa mère. Elle se disait que le nom d'Irène Lescure tuait à petit feu celui que sa mère lui avait attribué. Bien des fois, l'idée de prendre le train et de chercher à la revoir lui avait traversé l'esprit. Une aventure pleine de risque, même si elle projetait de se tenir à quelques rues du domicile familial, dans l'espoir de l'approcher aux heures où d'ordinaire elle allait faire ses courses. Benoît l'en avait fortement dissuadée. Elle pourrait, en effet, être vue par son père ou l'un de ses frères ou quelqu'un d'autre des environs, qui l'aurait reconnue et aurait signalé sa présence. Le risque d'un tel signalement était d'autant plus grand que, au dire de Fernande, son père pour justifier la brusque absence de sa fille avait dit aux gens du quartier qui s'en étonnaient qu'il s'agissait d'une fugue d'adolescente et que, depuis lors, elle n'avait jamais donné signe de vie. Il lui fallait donc se faire une raison et renoncer à une telle aventure.

*

Du côté de Benoît, le tableau n'était guère plus reluisant. Ses parents, après des années d'un amour partagé, avaient demandé le divorce, comme si, fatigués par l'habitude de se voir, ils s'étaient mis à se nuire et à se détester. Benoît, leur fils unique, préférait leur séparation à leurs querelles de bas étage. Il tirait d'un tel événement que l'amour, mal géré et en quelque sorte victime des circonstances, pouvait subtilement se changer en aversion et se laisser contaminer par le venin de l'hostilité et de la vengeance. Du fait de leur divorce, telle l'aiguille d'un balancier, il allait du père à sa mère, comme on passe d'un pays à un autre, alors qu'il tenait sa vie de leur rencontre. Une chirurgie intérieure dont il était blessé et qui défigurait bien des aspects de sa mémoire et de sa vie. Pour rien au monde, il ne voulait passer par les chemins d'un tel enfer et leur ressembler.

Devant un tel constat, ils s'étaient promis, en se prenant par l'épaule et en se serrant l'un contre l'autre, de s'aimer durablement, envers et contre tout. Un engagement interpersonnel bien avant de passer devant le maire et le pasteur protestant, conscients qu'ils étaient du fait que les institutions civiles et religieuses ne pouvaient suppléer aux alliances du dedans. L'un et l'autre avaient aussi décidé de n'avoir pour tout témoin que Fernande et de sceller leur union dans la plus stricte intimité et sans d'autres invités. Irène Lescure, cette doublure d'elle-même, le ferait savoir à sa mère qui, sans aucun doute, mêlerait sa joie à ses larmes. Un secret bien gardé, prometteur d'un bel avenir.

Ils avaient prudemment choisi de se marier durant les vacances du collège, pour éviter le chahut des compliments et des questions, préférant aux cadeaux leur thébaïde amoureuse et faisant de leur intimité le plus beau de tous les voyages de noces.

Sa mère n'avait pas tardé à lui écrire.

« Ma chère Irène,

Je te souhaite tout le bonheur du monde. Ce prénom qui t'a été donné est symbole de paix. Il contribuera, je l'espère, à construire ta vie de couple dans la plus grande harmonie. Une nécessité qui va à l'encontre de la tyrannie de l'incompréhension et du malheur. Je te parle d'expérience. Je voudrais que ton mariage ne devienne jamais un enfermement qui à coup sûr entraîne les pires dangers, les plus cruels déséquilibres. Ne deviens jamais cet oiseau en cage privé de lumière et d'horizon. Un oiseau aux ailes atrophiées et qui ne chante plus ; un oiseau en quête de délivrance. D'après ce que tu me dis de Benoît, j'ai tout lieu de penser qu'il sera un bon mari. Pas un mari d'occasion et qui se lasse d'aimer. Un mari qui partage autant tes joies que tes peines et qui, peu importent le temps et les contretemps, contribue à ce que tu restes toi-même. Fais-en de même envers lui. Le mystère de l'amour est que deux êtres différents arrivent à ne faire qu'un.

Bien affectueusement,

Alberte »

Benoît qui avait pris connaissance de cette lettre, tout en admirant le courage et la ténacité de sa mère et en déplorant la souffrance qui jusqu'à présent ne cessait de l'accabler, n'avait pas manqué de rassurer Agathe. « Tant que je vivrai, lui avait-il chuchoté, tu seras une part de moi-même. » Une vision à long terme dont leur amour encore tout frais et bouillonnant en était garant et conférait au temps toujours trop court de la vie un avant-goût d'éternité, comme si l'amour — dans la mesure où il est vrai et pas seulement sincère — avait le dessus sur la mort et ne mourait jamais. Une perspective qui ne confiait à la mort que le corps et n'enlevait rien à la pérennité de l'esprit.

En tant qu'historien, il savait combien l'histoire humaine est de nature fragile et transitoire ; une précarité et une médiocre durabilité dont la succession des siècles et des générations arrive péniblement, sans vraiment y parvenir, à en réparer les erreurs et l'inhumanité. En tant que croyant, il entretenait la conviction d'un au-delà transcendant qui sauve de notre difficile parcours une série de valeurs, d'une dimension universelle, et qui nous rassemblent dans une souhaitable unité.

*

Il s'estimait heureux d'avoir pour épouse une philosophe consciente des hauts et des bas du cheminement humain. Toutes les fois qu'ils se promenaient dans les jardins, ou en forêt, ils en respiraient les odeurs et en admiraient la richesse, la beauté, ainsi que leur perpétuel renouvellement. Ils en déploraient aussi leurs innombrables blessures révélatrices de l'aveuglement et des inconséquences humaines. Une emprise d'une utilité et d'une voracité incontrôlées, en plein cœur d'une moisson de sensations multiples, que les prétendus progrès et leur part de nuisance contrarient et détruisent graduellement au point d'enlaidir la nature, et de faire d'elle, dans une totale insouciance, « un paradis perdu ».

*

Leur union s'était passée dans une sobriété exemplaire. Ce qu'il retenait des paroles du pasteur était qu'il ne fallait pas détruire ce que Dieu a uni. Cela leur convenait et répondait au délabrement de leurs familles respectives. Ils se promettaient par leur exemple de réparer de telles distorsions qui ont fortement empoisonné leur existence. Ils préféraient d'un commun accord, pour leur famille et leurs propres enfants, l'amour à la cruauté du sort et au malheur. Un choix ardu — proche de l'utopie — qu'ils décidaient de ne pas perdre de vue et de mener à terme, dans toute la mesure de leurs possibilités. Pour eux, l'amour ne se bornait pas au côté simplement charnel ; au calque de ce que l'on est dans un autre ; il engageait aussi et surtout la détermination de l'âme et de l'esprit — ce côté proche du mystère de la vie et qui inaugure en ceux que l'on met au monde une destinée différente de la sienne, à l'abri des caprices et des entêtements arbitraires. En agissant ainsi à leur égard, ils se videraient des contraintes dont ils avaient eux-mêmes tant souffert.

*

En ce jour qu'elle jugeait unique dans sa vie, celui de son mariage, la seule tristesse d'Agathe avait été l'absence de sa mère. Fernande n'avait même pu lui envoyer une des photos de la cérémonie de peur de réveiller la colère de son marit. Elle lui avait simplement fait savoir que tout s'était bien passé et qu'*Irène* lui ferait part de son bonheur. Agathe avait fini par prendre en aversion ce prénom d'Irène tant un tel détour avait fini par lui donner la nausée. Elle ne pardonnerait jamais à son père de se mettre entre elle et sa mère, tel un écran séparateur, et d'en avoir fait une inconnue. Elle ne savait pas si sa mère avait beaucoup vieilli, si ses cheveux avaient blanchi, si son visage s'était ridé. Tout un temps perdu du fait d'un père borné et misogyne.

*

Plus elle pensait à la détresse de sa mère, plus le souvenir de son père se rapprochait d'elle sous la forme d'un spectre qui lui causait bien des cauchemars et lui enlevait sa propre respiration. Pour éviter de se détruire elle-même et de causer des dommages à son nouveau couple, elle avait pris la pénible, mais nécessaire décision de se donner un an sans écrire à sa mère. Elle s'en était expliqué à Fernande et lui avait transféré le soin de lui donner de temps à autre de ses nouvelles. Elle avait besoin de cette cure de silence pour se retrouver elle-même et ne pas imposer à Benoît le fardeau sombre de sa mémoire. Une amnésie nécessaire au printemps de sa nouvelle vie. Elle ne se doutait pas de la douleur que causerait à sa mère un tel exil par procuration. Elle avait, quant à elle, besoin de toutes ses ressources pour bâtir son propre univers et, en dehors de leur enseignement, jeter les bases de leur avenir immédiat. L'enfant qu'ils espéraient avoir ne pourrait que bénéficier, pour ce qui était d'elle, d'un état d'âme débarrassé de ses pesants nuages. Quelqu'un qui n'était pas imbu de leur histoire pourrait penser qu'ils étaient tous les deux de cruelles gens, mais leur passé qui avait passablement déconstruit leur équilibre leur enjoignait contre toute apparence d'adopter un pareil retrait.

*

Après plusieurs mois, Agathe était enfin enceinte. Un petit être dont elle ignorait encore le sexe reposait en elle, telle une semence, en attente de sa venue au monde. Il lui arrivait parfois d'avoir des remords en pensant à l'âge de sa mère et à l'affection qu'elle lui portait. « Peut-être se disait-elle que les lettres que lui envoyait Fernande ne suffisaient pas à combler son silence. » Sa mère avait à présent soixante-quinze ans ; un âge fragile et chancelant à partir duquel le temps se rétrécit ; et cela faisait vingt-deux ans qu'elles ne s'étaient pas revues — un temps infini pour de si frêles épaules. Elle en pleurait parfois ; en cachette, pour ne

172

pas inquiéter Benoît. Elle gardait cela pour elle — et peut-être aussi pour ce petit être en elle qui ne savait pas encore qu'il avait une grand-mère. Elle lui en parlait en lui racontant des histoires, sans manquer de leur ajouter celle-ci : il était une fois une grand-mère qui s'appelait Alberte... Ce dialogue avec son enfant en devenir lui comblait l'imagination et avait pour effet d'apaiser son chagrin ; une présence-absence que la fabulation — dans un livre aux pages invisibles — arrivait à rapprocher.

*

Plus les jours passaient, plus Agathe et Benoît se dépêchaient à préparer la venue de leur enfant. Le médecin, d'après les résultats d'une échographie, était en mesure de lui annoncer ainsi qu'à Benoît qui l'accompagnait le sexe de l'enfant. C'était une petite fille. Ils en étaient ravis. Comme la plupart des futurs parents, ils avaient passé des heures entières à chercher selon le sexe le nom à donner à leur enfant. Elle s'appellera Lucie, avaient-ils fini par conclure. Un prénom dont l'étymologie latine avait pour signification la *lumière*. Agathe, quant à elle, y voyait un présage de clarté qui la sortirait des ombres de l'absence. Elle espérait que le jour viendrait où, par l'entremise de sa fille, elle reverrait en toute clarté la mère que son père lui avait confisquée. Il ne s'agissait pas, à y penser, de superstition, mais plutôt de prémonition. Or, le matin même de la naissance de Lucie et de son premier cri, son père, André Dufour, se trouvait terrassé par une hémorragie cérébrale. Une mort que remplaçait la vie... Par une ironie du sort, deux télégrammes d'urgence s'étaient croisés. L'un annonçait : « Enfant née. Elle a pour prénom Lucie. » L'autre avisait : « Mort subite de ton père ! » Pour la première fois, elle retrouvait dans le télégramme son vrai prénom.

*

Un vent de liberté se mêlait au deuil de sa mère. Son mari mort, elle redevenait elle-même — libre de ses pensées, de ses démarches, de ses déplacements ; elle pouvait se conduire au gré de son identité ; la peur de mécontenter son mari ainsi que les cauchemars dont elle était depuis fort longtemps accablée avaient pris pour de bon, et en même temps que lui, les chemins du trépas et de la disparition. Elle se remettait à respirer le grand air de la vie. Elle ne pouvait tout de suite, en raison des funérailles, rejoindre Agathe, la serrer dans ses bras comme pour une renaissance, et faire la connaissance de sa petite-fille Lucie. Elle comprenait aussi qu'elle ne pouvait exiger d'elle d'assister à l'enterrement de son mari et de son père, pour des raisons évidentes en rapport avec sa répudiation et parce que sa petite Lucie, fraîchement née, avait besoin d'elle — de son amour et de ses soins. Il était également trop tôt pour demander à Benoît de la représenter.

*

Le temps, ce personnage indistinct et mystérieux, avait lui aussi — à revenir en arrière dans le but de les restaurer — bien des choses à raconter.

Quand André et Alberte eurent décidé d'unir leurs vies à jamais, l'avenir, dans leur fraîche naïveté, leur paraissait un jeu d'enfants et, en passant d'un rêve à un autre, d'un projet à un autre, ils s'ouvraient toutes grandes les portes d'un bonheur enviable et durable. Ils avaient le même âge et, bien qu'ils fussent adultes, l'ivresse de leur amour les ramenait aux folies et aux jeux de leur enfance.

Un jour, à l'imitation d'un jeu amoureux qui n'était pas de leur âge, André s'improvisait commandant de bord et parcourait pour faire plaisir à Alberte les mers chaudes du monde, tout exprès pour elle. Alberte en faisait de même. Elle devenait une grande cantatrice qui, au milieu d'une salle comble, ne chantait que pour lui ; et, quand il s'agissait d'un opéra où elle devait se jeter dans les bras d'un amant, elle ne voyait en cet amant et à travers son visage que celui auquel elle avait à jamais voué son cœur. Revenant à eux-mêmes, ils riaient de bon cœur, se taquinaient comme le font les amants que commande la passion et se promettaient pour d'autres lendemains d'autres inventions du même genre. Rien ne les arrêtait — la pluie, les froids de l'hiver, les orages, les chaleurs de l'été ; ils se réfugiaient en eux-mêmes. Que cette période était belle ! Ils ne s'éveillaient qu'à l'horloge de leurs rêves... Bien des fois, ils se faisaient peur, pour le seul plaisir de s'en étourdir et s'en amuser...

*

Cette période ludique d'une passion commune avait incité Alberte à deviner en lui, jusqu'à preuve du contraire, quelqu'un de bien dont les qualités supposées feraient d'elle une femme heureuse. Ils se promettaient d'avoir plusieurs enfants — et peu leur en importait le sexe. André, dans l'ivresse de ses sentiments pour Alberte, ne cessait d'exprimer, à maintes reprises, combien il voyait dans les rapports de l'homme et de la femme, du fait même de leurs différences, une heureuse complémentarité ; deux visions de soi et du monde, qui se complétaient et qui ne pouvaient qu'enrichir leur vie commune. Alberte en était ravie. De telles intentions la rassuraient, et elle n'en souhaitait que la preuve.

*

André Dufour avait hérité de son feu père le magasin dont il était propriétaire et qui, par les méthodes employées, avait connu dans la région un bel essor. Devenu adulte, et étant son unique fils, il avait fait de lui le gérant de la place et pris la précaution de bien le former. « Un jour, quand je ne serai plus là, tu procéderas de la même façon avec l'un de tes fils. Un héritage, cela se cultive, cela ne se perd pas.

Pourvu seulement que tu aies un fils !» Était-ce là, inconsciemment, une façon pour lui d'inculquer à son unique fils ses partis-pris donnés pour le fruit de sa longue expérience ? Une sorte de testament avant la lettre.

*

La mort subite de son mari était, au-delà de ses regrets pourtant sincères, un gros poids de moins. Le deuil faisait paradoxalement place à un printemps tardif de son existence. Elles étaient depuis fort longtemps évanouies, ces phases ludiques de leurs premières rencontres. Les déceptions qui s'étaient ensuivies, son chagrin, son infortune l'avaient deux fois vieillie. Il lui était souvent venu l'idée que les douleurs de son âme qui avaient pris le dessus sur son âge réel allaient finir par la tuer, bien avant son mari.

La naissance de la petite Lucie, la perspective de revoir bientôt Agathe, de retrouver la relation mère-fille en avaient décidé autrement. Elle retrouvait enfin le goût de vivre. Tel un miracle, elle échappait aux griffes du malheur. Elle n'était plus pressée de mourir. Le temps présent effaçait les chemins du passé. Deux univers parallèles qui se tournaient le dos et qu'illustraient, à titre symbolique, deux objets différents. D'un côté, un cercueil en attente des funérailles ; de l'autre, une valise pleine en attente d'un train.

*

Armand Dufour, ses études aux résultats médiocres une fois terminées, avait choisi de s'enrôler dans l'armée et s'en faire une carrière, fasciné par un idéal disciplinaire qui lui rappelait le caractère de son père. S'il n'aimait pas entamer des études poussées, il avait développé suffisamment d'habiletés diplomatiques pour arriver à arracher de son père la permission de suivre une autre voie que celle du commerce. Ce n'était guère tout à fait le cas de son frère Gérald qui, bien

176

que docile, ne se voyait pas passer toute sa vie à gérer un commerce et à vendre des produits. Passionné de lecture, il s'était fait depuis l'école où on le tenait pour un intellectuel une vision plus large de l'existence. La faculté d'apprendre dont il était grandement pourvu ne pouvait se résumer à des produits que l'on vend. Cela n'enlevait rien à l'estime qu'il avait pour son père dont il admirait en ce domaine et la carrure et l'intelligence. Ce n'était pas, à ses yeux, une raison suffisante pour mettre ses pas dans les siens. Sa mère à qui il avait fait part de ses goûts avait dû intervenir auprès de son mari pour lui arracher ce qu'elle se plaisait à appeler *un certificat de libération et de délivrance*. Son fils lui en savait gré et avait entrepris des études juridiques à la fin desquelles il avait ouvert un cabinet d'avocat. Était-ce là une revanche du sort, son mari était devenu, en raison de la désertion de ses deux fils, prisonnier de lui-même. Une prison dont la sienne, plus dure encore, se faisait l'écho sans la moindre ressemblance. Pas une fois, de son vivant, son mari n'avait mentionné le nom d'Agathe. Sous ce rapport, il était froid comme un iceberg dans le reniement d'une fille qui avait su lui tenir tête. Ses fils, en sa présence, n'en avaient jamais fait mention. Rarement, en l'absence de leur père, ils s'étaient dits chagrins de la disparition de leur sœur dont la durée avait tous les caractères d'une mort. Durée pendant laquelle ils avaient grandi et étaient devenus des hommes mûrs.

Ils avaient tous les deux pris femme et fondé à leur tour une famille. Armand, le militaire, avait eu deux filles ; quant à Gérald, il s'était contenté d'un garçon. Étrangement, André Dufour n'avait fait aucun commentaire sur une telle disparité qui avait tout l'air d'une ironie du sort. Ce qui laissait croire à sa femme qu'il n'avait voulu s'en prendre qu'à sa fille qui avait su capter l'attention et l'amour de sa mère au sein du cercle familial.

*

Les funérailles d'André Dufour s'étaient déroulées dans une sobriété exemplaire. Gérald et Armand avaient tour à tour dit à leur père, dans un ton propre aux derniers adieux, combien il l'admirait et l'aimait. Des commerçants du lieu avaient délégué l'un des leurs pour faire savoir à celui que la mort avait emporté qu'il le tenait, malgré sa redoutable concurrence sur le plan des affaires, pour un modèle à suivre en raison de sa proximité et de sa gentillesse à l'égard des clients ainsi que pour son instinct commercial. Sa femme Alberte, loin du microphone du sanctuaire, s'était approchée de son mari et avait fait glisser sa main sur le cercueil tel un dernier signe d'affection, avant de fermer les yeux et de se recueillir dans un silence tellement éloquent qu'il avait remué toute l'assistance ; un silence de deux minutes qui résumait toute une vie auprès de lui. Un silence proche d'une vérité cruelle et qui dans son esprit rapprochait sa fille Agathe de son père. Elle avait alors regagné sa place, comme si, méditative et absente de l'assistance, elle se sentait seule au monde. Le célébrant, pour mettre fin à la cérémonie du deuil, avait en l'encensant fait le tour de la dépouille mortuaire, tandis que la chorale entamait le psaume 130. « Des profondeurs, je crie vers toi. Seigneur, écoute mon appel. Que ton oreille se fasse attentive à l'appel de ma prière ! Si tu retiens les fautes, qui subsistera ? »

*

La vie avait repris son cours. Alberte devait en toute urgence passer d'un monde désormais fermé à un autre de totale ouverture où l'attendait sa petite Lucie et sa fille Agathe que dans sa douleur absurde elle souhaitait revoir depuis si longtemps. Un moment comblé de reprendre vie, de soigner ses blessures, de retrouver, sans le poids des contraintes et sans la soumission à autrui, la liberté d'aimer à sa guise.

178

Bien souvent, après le froid des longs hivers et des jours trop courts, elle revoyait dans l'éclosion de chacun des printemps une invitation à revivre, à respirer le grand air et le parfum des fleurs, à s'asseoir sous la frondaison des arbres revenus à eux-mêmes, comme au temps de sa jeunesse. Un temps passé, mais jamais oublié, qu'occupait à présent, en revoyant sa fille Agathe, le printemps de son âme.

*

Elle avait fait ses valises, mais avant de prendre le train, elle avait demandé à son notaire de mettre tout de suite en vente le commerce de son défunt mari. Un commerce qui n'aurait pas de mal à trouver acheteur, dans l'excellent état où il se trouvait. Il fallait, en effet, reconnaître à son mari les qualités qui lui revenaient. Tout de son commerce faisait l'envie de bien de concurrents — l'extérieur autant que l'intérieur. Il avait, en effet, mis un soin jaloux à en faire un lieu attrayant et attractif — persuadé qu'il fut que le désordre était le pire ennemi d'un vrai commerce.

« Après la vente des lieux, avait-elle ajouté, je vous confierai le soin de mettre en vente notre maison. »

Cela fait et dit, elle pouvait alors prendre le train et s'empresser de rejoindre sa fille tant aimée.

*

Une fois installée dans le train, elle avait fermé les yeux comme si elle cherchait à mesurer en elle-même, et loin des regards d'autres passagers, le bonheur qui était désormais le sien. Elle essayait aussi de s'imaginer l'allure qu'aurait sa fille dont elle avait oublié les traits après de si longues années d'absence et d'éloignement. Elle avait rouvert les yeux pour évaluer, au rythme du défilement des maisons et des paysages, la vitesse du train. Il lui semblait qu'il n'allait pas assez vite, à l'encontre de ses attentes. Refermant les

179

yeux, elle avait cru bon de recourir à la puissance du rêve dont très souvent le contenu va à l'opposé de la réalité. Elle s'était mise alors à imaginer que le visage de sa fille prenait la direction inverse de celle du train dans le but de venir à son tour à sa rencontre. Cela avait pour effet de la rassurer et plus le train avançait, plus le visage d'Agathe se précisait. Une fusion de l'esprit et des cœurs propre au monde imaginaire. Même les sifflets du train n'arrivaient pas à l'en distraire. Mais — dès qu'elle rouvrait les yeux — tout disparaissait, comme balayé par un épais nuage.

*

Le train avait réduit sa vitesse. Ceux qui jusque-là avaient la tête plongée dans un livre, un magazine ou un journal détournaient subitement leur regard en direction des fenêtres et constataient que leur trajet arrivait à son terme. Le grincement des freins sur les rails, pour son entrée en gare, avait réveillé Alberte. Pour elle, comme pour les autres, c'était un moment plein de surprises et d'émotions. L'histoire des quais de gare traduit, en effet et de bien des façons, l'anxiété, les craintes, les désirs, les espoirs ou les déconvenues des foules assemblées sur les quais. Les poètes, les romanciers en sont les témoins et beaucoup de leurs livres font état de l'intensité des moments où les trains se vident de leurs passagers. Des moments faits de mains levées, de sourires, d'accolades et de pleurs, et qui rattrapent la vie là où les affaires, les intrigues, les passions naissantes, mais aussi les mensonges et les trahisons l'avaient laissée.

*

Alberte avait sorti sa valise du filet de son compartiment. Une valise pas trop lourde pour son âge avancé, qu'elle avait gardée au haut de son armoire et sur laquelle très souvent elle portait son regard en pensant à sa fille si longtemps exilée dont seulement en rêve elle imaginait le visage. Le jour était enfin venu de la revoir dans toute la splendeur de son âge adulte, car elle s'entêtait à la vouloir belle et rayonnante de vie. En descendant du train, elle était traversée d'émotions à l'idée de retrouver cette enfant sortie de ses entrailles et que la volonté d'un seul lui avait arrachée. Fernande et Benoît l'attendaient sur le quai. Pour qu'elle ne sente pas trop perdue au milieu de la foule, Fernande tenait au bout de son bras tendu un carton où elle avait inscrit en lettres noires son prénom « ALBERTE » comme c'est souvent le cas pour les voyageurs qui foulent pour la première fois un sol étranger. Benoît s'était empressé de lui prendre sa valise et de la déposer près de lui. Fernande était la première à la serrer dans ses bras. « Te voilà enfin, lui avait-elle dit. Ton cauchemar se termine et se dissipe. Te voilà à présent près des gens qui t'aiment ! » Alberte n'avait d'abord pour réponse que ses larmes. Des larmes à la fois de joie et de souffrance que Fernande s'était empressée d'essuyer.

– Mon amie, avait murmuré Alberte.

– Sèche tes pleurs. Tu dois te faire belle pour ta fille.

Alberte avait détourné la tête en direction de Benoît.

– Venez, que je vous embrasse, mon gendre. Fernande ne m'a dit que du bien de vous. Agathe vous a sans doute tout dit de moi. J'attends de vous que vous rendiez ma fille heureuse.

– Elle l'est déjà. Je vous en fais le serment.

*

Dans le train qui la conduisait jusqu'à sa fille, Alberte s'était imaginé de devoir tourner les pages de deux albums diamétralement opposés. Celui d'un passé niché au creux de ses entrailles, et qui ravivait en elle de si mauvais souvenirs : la privation insupportable de sa fille. Celui d'un nouveau présent, aux pages encore vierges, et qu'il fallait créer et remplir dans la plus grande prudence en raison du fait que la fille de sa chair qu'elle avait perdue de vue était en partie devenue pour elle une étrangère. Une prudence que venait compliquer un grand âge qui rapprochait d'elle l'horizon de sa propre disparition. Un défi complexe difficile à gérer dans un climat d'intenses émotions.

*

La rencontre avec sa fille avait été le théâtre d'un grand choc : de la joie sous une pluie de larmes, entrecoupée de mots aussi simples que « *maman* », « *ma fille* ». Des mots qui rattrapent le passé et qui ouvrent les portes de l'avenir. Un avenir déjà annoncé par la présence de la petite Lucie. Deux générations. Celle d'un passé révolu ; celle d'un avenir à peine né. Alberte avait pris la petite dans ses bras, l'avait soulevée telle une oblation inaugurale, tout en disant : « Ma chérie, ne te laisse jamais détourner de ta vie. » Un résumé-préface servant de rempart à une existence nouvelle, contrairement à deux autres — la sienne et celle de sa mère — jusque-là profondément contrariées.

*

Pendant la durée du séjour d'Alberte, Benoît avait adopté une attitude discrète pour ne pas nuire à l'immense plaisir des retrouvailles d'Agathe et de sa mère et ne rien ôter des émotions fusionnelles qui leur donnaient l'occasion de rattraper le temps inutilement perdu qui les avait séparées et avait fait de leur éloignement un tourment proche du désespoir. Il se tenait en retrait, témoin de ce que l'amour pouvait en si peu de temps réparer, sous l'effet de la joie que procurait à Alberte sa petite-fille Lucie. Elle passait d'Agathe à Lucie en remerciant la vie de lui octroyer enfin un tel bonheur. Elle voulait en profiter sans pour autant les arracher à la tendresse et à l'attachement inconditionnel de

182

Benoît. Alberte l'observait à la dérobée et lui devinait bien des qualités dont elle était rassurée et qui feraient de lui pour Agathe un excellent mari, un attentif amant et, pour sa fille Lucie, un père dévoué et attentionné.

*

Le fonds de commerce ainsi que la maison d'Alberte vendus, elle s'était procuré une jolie maison proche de l'appartement de Benoît et d'Agathe. « Quand j'aurai quitté ce monde, promettez-moi de l'occuper en souvenir de moi. En attendant, je veux voir grandir ma petite Lucie. » Pour elle, une année auprès de sa fille et de sa chère Lucie en valait dix auprès de son mari. Elle rattrapait le temps perdu et effaçait au fil des jours les séquelles de son cruel malheur.

*

Agathe avait repris ses cours. Tous les jours de la semaine de travail, Alberte s'occupait de Lucie pendant que ses parents enseignaient. Un attachement qui faisait de ses journées une renaissance et pour sa petite-fille un éveil à elle-même. D'abord les sourires, les babillages ; ensuite, ses premiers pas, ses mains tendues en sa direction, ses câlins faits à sa grand-mère. Ces rendez-vous de la semaine, beaucoup trop courts, la rajeunissaient et gratifiaient son âme d'un infini printemps. Et pourtant, en pleine saison de ces jours heureux, les fatigues dues à son âge lui rappelaient que la mort l'épiait et l'attendait.

Sa petite-fille avait bien vite atteint l'âge de commencer l'école et elle se retrouvait bien souvent seule avec elle-même. Et puis, une nuit, au beau milieu de ses rêves, elle s'était à jamais endormie.

*

Cette disparition soudaine et inattendue avait beaucoup marqué Agathe et Benoît, et avait à la longue suscité en eux tout un échange sur le pourquoi de la mort. Elle avait fini par leur apparaître comme une migration dans l'inconnu. Une migration semblable à d'autres migrations, et faisait de la place à d'autres vivants, selon que la terre pouvait porter et nourrir, en fait d'individus. Le travail des démographes, des historiens, en faisait foi. Celui des philosophes allait beaucoup plus loin, en s'interrogeant sur les raisons de la vie si elle devait disparaître avec la mort. Agathe se rappelait les positions de Camus dans *le mythe de Sisyphe* qui trouvait dans l'existence les attributs de l'absurde, en raison de l'absence de sens.

Si les migrations historiques à travers le monde ont des raisons connues, bien que multiples, d'ordre économique, politique, religieux, et plus encore, il n'en est pas de même de la migration de la mort. Une telle migration dans l'inconnu d'après la mort oppose la raison à la foi et ne débouche, d'un côté comme de l'autre, sur aucune évidence, sur aucune certitude. Une zone obscure qui dépasse les raisonnements et les données courantes. Ils en étaient là tout en souhaitant le contraire...

*

Ce qu'il y a de certain, en ce qui concerne Agathe, la mort de sa mère l'avait profondément affectée et plongée dans les états d'âme du deuil. Elle était devenue tout en étant adulte orpheline de père et de mère. Il ne lui restait plus que les souvenirs ; déplorables et détestables, en ce qui avait trait à son père ; d'amour et de regrets pour ce qui était de sa mère. Elle la pleura longtemps et ne retrouva ses forces et son élan à vivre que dans l'amour de Benoît et de sa fille Lucie. Elle demeurait convaincue que si la mort détruit, l'amour avait pour fonction et plus encore pour devoir de construire. Cela, pour autant, n'enlevait rien à l'extrême fragilité de l'existence.

La vie, se disait-elle, est un vaste roman dont seuls les personnages et les situations varient.

*

Agathe, dans sa tristesse d'avoir perdu sa mère, s'était rappelé cette phrase tirée de l'évangile selon Mathieu : « Laissez les morts enterrer les morts. » Elle y trouvait là une invitation à aller de l'avant, à ne pas s'enterrer soi-même avec ceux qui nous ont quittés, à retrouver la vie dans sa continuité. Une telle parole du Christ, bien que troublante, lui redonnait étrangement la force d'espérer en une réalité dépassant les limites terrestres et en l'accès à un monde supérieur hors des frontières de notre intelligence et de notre entendement.

*

Lors des funérailles d'Alberte Perrin, les frères d'Agathe s'étaient déplacés et rencontraient leur sœur dont la longue privation avait fait d'elle pour ainsi dire une étrangère. Un tel contact après de si nombreuses années trahissait leur embarras. Gérald, nettement plus ouvert et ému de la retrouver, s'était approché d'elle pour la serrer dans ses bras et l'embrasser.

– Il était plus que temps de se retrouver et de racheter les souffrances absurdes du passé. Je suis ton frère, tu es ma sœur et nous le serons toujours.

– Tu as raison, avait-elle murmuré. C'est bien notre mère qui nous a réconciliés.

L'attitude d'Armand était de beaucoup plus ambiguë. Il avait certes jugé bon de l'embrasser, telle une obligation — et du bout des lèvres. Agathe n'en était pas dupe et soupçonnait, à voir ses réticences, qu'il lui reprochait d'avoir été une pomme de discorde avant de quitter la maison sur un coup de tête, l'accusant intérieurement d'avoir brisé les liens familiaux et bouleversé sérieusement la relation entre leur père et leur mère. Pour Agathe, ce n'était ni le lieu ni le moment de le faire changer d'idées. Cela d'ailleurs ne dépendait pas d'elle ; et elle ne sentait en outre guère en mesure de briser la cloison secrète et invisible qui la séparait de lui. Elle n'en avait ni le courage ni la force. Elle s'en remettait au temps.

*

Agathe avait occupé la maison que sa mère lui avait léguée. Elle avait fait le tri dans les vêtements de sa feue mère dans la penderie de la chambre principale et jugé bon de conserver ceux dont l'odeur était récente. Dans son esprit, cette maison lui servirait de lien vivant avec elle. Elle faisait encore, et sans qu'on pût la voir, partie de la famille et tous les soirs, avant de s'endormir, elle se souhaitait de rêver d'elle — ne serait-ce un court moment —, car elle s'en trouvait depuis sa mort habitée. Une relation qui la portait à croire à deux mondes invisibles se visitant mutuellement. Selon elle, la meilleure façon de faire le deuil d'un être aimé est de finir par en accepter la disparition et de la retrouver au plus secret de sa mémoire et de son cœur. Une sorte d'éternité dans la temporalité. Une mémoire qui n'a rien d'utile et dont seul l'amour connaît et le code secret et l'entrée.

*

Bien avant la mort de sa mère, Agathe avait sommairement fait part à son mari des épreuves par lesquelles elle était passée, et du cauchemar de s'être sentie comme un pur objet de souffrance au sein d'une famille qui lui enlevait le droit d'être ce qu'elle est.

Maintenant que sa mère n'était plus, elle lui avait tout révélé dans les moindres détails ; non pas pour qu'il la plaigne et qu'il cherche à la réconforter, mais pour que Lucie ne devienne jamais la proie de ridicules préjugés, et que son éducation lui procure la force et les armes de se défendre.

*

Avant même qu'elle fût en âge de fréquenter l'école, elle avait pris soin de l'exposer à l'univers des livres. Un moyen privilégié de l'initier au secret des mots, à leur capacité de lui raconter contes, légendes, mystères et bien d'autres histoires qui préparent l'esprit à une compréhension du monde. Elle l'exposait également à la musique — de préférence classique — pour la mettre au diapason de ce qu'il y a de beau et d'universel en ce monde — sans la présence obligatoire du langage. Les chants des oiseaux, qu'ils soient de dièses ou de bémols, les cris des animaux, le bruit des orages, les murmures du vent ; autant d'influences propres à l'appropriation de la vie.

*

Lucie avait donc vécu dans une atmosphère de liberté et d'épanouissement ; tout le contraire de sa mère. Elle avait ses goûts et ses objectifs que rien ne venait contrarier, dans la mesure où ils ne dépassaient pas le cadre du raisonnable. Ses parents dont elle était le trésor demeuraient attentifs aux étapes qui feraient un jour d'elle une femme complète et ils s'en réjouissaient. Ils souhaitaient seulement que, hors du nid familial, elle subisse le moins possible les railleries et les partis pris de ceux qui s'entêtent à voir en la femme — et en toute femme — un être fragile et vulnérable.

De toute façon, elle était prête à se défendre, ayant hérité du caractère fort de sa mère et, sur le plan intellectuel dont ses deux parents étaient fortement pourvus et dont elle s'inspirait, ses résultats scolaires faisaient d'elle — selon la maxime courante — « un esprit sain dans un corps sain ». Une telle santé n'avait rien à voir avec de gros muscles. Elle avait d'ailleurs, durant toutes ses études, fait la connaissance de garçons, fort aimables et intelligents, dont la fréquentation la tenait hors de portée des sujets obtus.

*

Ses études collégiales terminées, elle avait choisi non pas de devenir comme ses parents une enseignante, mais d'entreprendre des études en psychologie, désireuse qu'elle était de percer les secrets de l'esprit et de l'âme, et d'aider en ce domaine ceux dont les chemins et la vie se trouvaient embrouillés. Elle s'était fait une idée personnelle de la psychologie. Le psychologue devrait se donner pour mission d'écouter, d'analyser, de guider, de suggérer des pistes de solution, et de laisser à la personne en quête de guérison la charge de vouloir se soigner. Une approche faite de respect, de dialogue, d'intuition, de confiance, de proposition, d'initiative. Un rapport de sujet à sujet, et non d'objet. Elle n'excluait surtout pas qu'elle aussi puisse être sujette à des troubles psychologiques.

*

Depuis la mort de sa grand-mère qu'elle regrettait d'avoir si peu connue et dont la mémoire demeurait inscrite dans son cœur, et le souvenir encore bien vivant, elle demeurait hantée et bouleversée par l'idée de la mort. Par le fait de nature qui la mêlait à la vie. Le temps lui paraissait si court qu'elle se promettait de se hâter à vivre, du mieux possible, sa vie. Ce n'était en réalité guère facile de se projeter dans l'avenir et de savoir qui on veut être, la connaissance de soi constituant, en effet, le défi le plus ardu. La vision que l'on a de soi s'inscrit immanquablement dans un réseau de circonstances échappant à nos exigences, et ce qui est vrai et possible aujourd'hui peut ne pas l'être demain. Un perpétuel combat entre le rêve et la réalité.

*

L'expérience de la vie comporte dans ses aspects, qu'on le veuille ou non, un avant-goût de la mort dont on ne peut guère se débarrasser. La mort, silencieusement, se tapit en nous-mêmes, en attendant de commettre ce à quoi elle est destinée. Un itinéraire propre à chacun, et qui ne ressemble à celui d'aucun autre. Une histoire singulière à l'intérieur d'une condition commune. C'est peut-être cela qui expliquait son pressant besoin d'être psychologue. Une quête intérieure dans un environnement d'instabilité, de porte-à-faux, de déséquilibre. Un monde en miniature aux coordonnées uniques dont nous sommes tous tributaires. Elle vivait, dès qu'elle en avait pris conscience, dans la peur de perdre trop tôt et sa mère et son père, à qui elle devait sa présence au monde.

*

Elle avait décidé, dans le but d'exercer sa profession, de quitter la demeure familiale et de se trouver un studio assez grand pour y installer un bureau réservé à ses futurs patients. Sa mère, pour cela, lui avait suggéré de s'adresser à un courtier en immobilier dénommé Jean-Luc Hamel, celui-là même qui lui avait trouvé et négocié son logement. Il était à la fois courtois et efficace. Le studio retenu n'était guère loin de leur propriété, ce qui lui permettait de les revoir de façon régulière.

*

L'approche qu'elle avait adoptée dans sa relation avec ses patients avait très vite contribué à sa réputation. Ses horaires professionnels devenaient chargés, ce qui n'était pas pour lui déplaire. Outre le métier comme tel, elle en avait fait sa vocation. À traiter les problèmes des autres, elle éprouvait le sentiment de mieux se connaître elle-même. Ce qui lui épargnait pas mal d'erreurs et de faiblesses dans sa vie personnelle ; cela confirmait le point de vue de ses parents qui lui faisaient part de leur conviction que l'on apprend deux fois cela même que l'on enseigne ; contrairement à ceux qui débitent un savoir sans jamais le mettre en cause et lui apporter les corrections nécessaires. Des vérités d'archives qui n'ont rien de vivant.

*

Lucie, on le sait, avait dès la petite enfance fait de la nature proche une école de l'esprit, à partir des sensations éprouvées et des observations qu'elle y faisait. Le jardin de ses parents lui avait suffi amplement. Une expérience à la base des nombreuses questions qui lui venaient à l'esprit, dans ce qu'elle avait de beau, mais aussi de troublant et d'énigmatique. Sa mère, qui avait pris l'habitude de lui lire dès son jeune âge des contes pour enfants, l'y avait prédisposée. Une initiation redevable tant à l'imagination qu'à la littérature, et que venait par la suite compléter ce qu'il lui était donné de déchiffrer par elle-même dans la réalité à l'état naturel.

Ce qu'elle voyait, sentait, entendait, goûtait et touchait constituait autant de portes ouvertes par où s'engouffrait un monde à sa portée — tellement complexe et diversifié. De quoi à la fois l'éblouir et la déconcerter. Le beau jardin dont sa mère prenait grand soin lui avait servi de laboratoire. Elle avait manifesté un grand attachement pour ce que sa mère surnommait « sa roseraie ». Elle déplorait toutefois que les rosiers aient des épines. Des fois, elle collait son oreille à la terre, persuadée que sous la terre il y existait des bruits divers qu'elle pouvait entendre. Peut-être des bruits d'eau permettant aux arbres de pousser. Une eau dont la présence souterraine provenait sans doute des pluies que la terre amassait et retenait. Curieusement — et contrairement aux enfants de son âge qui se montrent d'ordinaire empressés de faire part à leurs parents de leurs découvertes —, elle préférait, du moins pour un certain temps, garder d'abord au fond d'elle-même de tels secrets, comme preuve qu'elle grandissait en âge et faisait des progrès dans la conception qu'elle avait du monde, mais aussi de soi dans le monde.

*

Ces instants qu'elle mettait à grandir lui donnaient aussi progressivement la notion du temps ; un temps réservant à chaque chose un avant et un après. Cela faisait naître en elle des inquiétudes plus complexes, pour lesquelles elle n'avait guère de réponses. Elle se demandait si les insectes et les animaux, les hommes, les femmes, et les petits enfants finissent eux aussi par disparaître.

Elle avait peur que la mort vienne un jour lui ôter ses parents qu'elle aimait tant et dont la privation lui serait un grand malheur, une catastrophe.

Elle en tremblait, petite. Plus âgée, même si elle se rendait à l'évidence que la mort constituait une menace commune, elle avait pris l'habitude d'examiner les moindres détails du visage de sa mère et de son père, se tenant aux aguets de moindres marques et cicatrices qu'y burinait le temps. Une œuvre d'art, patiemment construite, faite de griffures, de rainures et de traces irréversibles annonciatrices d'une disparition prochaine. Elle se révoltait devant le fait que des enfants si jeunes, si beaux, et dans la fleur de l'âge, pouvaient eux aussi subir le même sort et être enlevés de leurs parents, tels des fruits arrachés avant l'âge.

*

Jean-Luc Hamel avait pris l'habitude de visiter les clients qui avaient fait appel à lui, dans le but de voir s'ils étaient satisfaits du choix qu'il leur avait proposé. Lucie était du nombre. Ce jour-là, il avait mis un beau complet bleu qui rehaussait sa prestance et lui donnait une fière allure. Il était de surcroît reconnu pour son affabilité et sa galanterie. Cette rencontre avec Lucie, après les salutations d'usage, avait été marquée par une montée d'émotions dès que leurs regards s'étaient croisés ; une émotion réciproque qui les traversait de la tête aux pieds. Lucie en était à ce point bouleversée que tout ce qu'elle avait appris en psychologie se trouvait dépassé — une émotion sans paroles qui en disait long. En prenant congé d'elle, ils avaient tous les deux les mains moites et tremblantes comme si elles avaient peine à se détacher. Lucie en espérait davantage — prise qu'elle était par un frisson annonciateur d'une toute première passion. En la quittant, sans vraiment s'en éloigner, il avait osé dire ce qu'elle attendait, à la fois direct et sibyllin : « Que diriez-vous de nous revoir ? » Quelques mois plus tard, à force de se revoir, ils se trouvaient mariés.

*

Benoît avait été appelé à occuper le poste de directeur du collège. Une lourde responsabilité tellement différente de celle d'un simple enseignant. Il devait non seulement veiller à la cohésion et à l'exemplarité du corps enseignant — ses anciens collègues. Il devait vérifier si leur enseignement est de qualité et suscite chez les étudiants le goût d'apprendre et du travail bien fait. Quant à lui, il lui incombait de se doter des meilleurs outils en matière de gestion administrative, mais aussi de règlement des conflits entre jeunes en quête de leur identité.

*

Sur ces points-là, il ne doutait pas que sa fille Lucie puisse lui être d'une grande utilité. Elle s'était volontiers offerte pour lui réserver une part de son temps en un domaine fort différent du sien, mais qui ne manquerait pas de l'enrichir et de l'initier à la psychologie sociale. C'est

192

ainsi que sous l'administration de son père — et sans rien enlever au mérite de son prédécesseur — le collège connut un air de renouveau.

*

Malgré le fardeau de sa tâche, jamais Benoît ne s'était senti si heureux. Il éprouvait de jour en jour davantage un sentiment de complétude. Il passait, en effet, de l'histoire du passé à un présent qui conférait à sa vocation première — celle de raconter le monde — un si bel achèvement. C'était malheureusement sans compter avec les embûches et l'imprévisibilité de la vie. Un samedi que, fidèle à ses habitudes, il était sorti en direction de sa librairie habituelle à deux cents mètres de chez lui, dans le but de consulter les nouvelles parutions, il fut fauché à mort, en traversant la rue, par un conducteur pris d'un malaise cardiaque. On aurait dit deux morts qui s'étaient donné rendez-vous…

*

La mort subite de Benoît avait ébranlé toute la famille ; à un point tel qu'Agathe se disait ne plus pouvoir continuer de fréquenter le collège où tant de souvenirs de son défunt mari lui reviendraient à l'esprit. Elle préférait donner sa démission, prendre sa retraite, commencer son deuil. Elle préférait vivre l'absence de son mari chez elle plutôt qu'à l'école, et s'occuper de ce qui lui restait de sa vie. Six mois d'isolement où ses pleurs se mêlaient aux nécessités banales des jours et des nuits.

*

Elle avait beau vivre dans un extrême chagrin son deuil, elle n'en demeurait pas moins philosophe. Elle savait fort bien — ayant trop souvent fréquenté la mort — que la vie s'entête à

193

continuer d'exercer sa suprématie, que le soleil revient après l'orage, qu'il lui fallait se ressaisir, et faire du deuil une occasion d'une réflexion sur elle-même — aux frontières de deux mondes, dont l'un lui demeurait inconnu.

*

Agathe avait alors dirigé toute son attention sur sa fille Lucie, la future mère d'un enfant. Souvent, elle lui caressait le ventre. Une telle proximité lui redonnait le goût de vivre et la distrayait de son passé. Cet enfant à venir resserrait en quelque sorte les maillons d'une chaîne jusque-là brisée. La vie continuait ainsi son cours et la mettait en attente de l'avenir. À l'instar de ces agriculteurs qui, après une saison sèche, attendent une autre plus clémente, favorable aux semailles et à une nouvelle moisson. Elle souhaitait que Lucie mette au monde une fille qui deviendrait sa petite-fille qu'elle serrerait dans ses bras. Pourquoi une fille ? Parce qu'à son tour elle donnerait d'autres enfants et n'arrêterait pas le cheminement de la vie, tout le contraire du vide.

*

Devant les malheurs occultes, mais combien réels de l'existence, il lui était revenu à l'esprit le texte du livre de la genèse — qui n'avait pas manqué de frapper son esprit. L'existence de deux arbres, dont l'un gardait les secrets de la connaissance du bien et du mal et l'autre, ceux de la vie. La tentation de les découvrir et de s'en servir avait coûté cher aux premiers habitants d'un paradis terrestre. Connaissant désormais la distinction entre le bien et le mal, Adam et Ève, chassés du jardin d'éden, furent condamnés à connaître des vies provisoires, sur une terre ingrate et pleine d'embûches dont nous sommes les héritiers. Une situation impropre à nos ambitions et à notre recherche d'éternité.

194

Les quêtes excessives de fontaines de Jouvence et d'autres subterfuges capables de prolonger nos vies et de nous faire renaître à nous-mêmes ne font qu'évoquer les mirages de l'esprit. La vie, peu importe qu'elle soit belle ou non, heureuse ou malheureuse, ne peut échapper à l'issue qui lui est réservée, et pour bien des gens dont la souffrance est intenable la mort se trouve impatiemment souhaitée. Pour Agathe, dont la formation et la carrière avaient fait d'elle une philosophe, de telles considérations avaient pris les chemins de sa sagesse sans pour autant l'exempter des pleurs et des sanglots qu'entraîne la disparition des siens. Elle avait fini par se convaincre que la vie, dans son parcours, relève de l'espoir et la mort, quant à elle, de la certitude.

*

Le jour de la naissance d'Émilienne, Lucie n'avait pas survécu. Une naissance pour une mort… Un cri au cœur du silence.

*

Jean-Luc Hamel, ébranlé par la disparition de sa chère Lucie qu'il aimait d'un amour fou, n'avait laissé à sa fille que son nom. Il avait alors disparu de la région, faisant de son absence l'écho de celle de sa femme, comme s'il cherchait à la rejoindre dans le monde inconnu où elle se trouvait.

Il avait fait parvenir à Agathe la lettre suivante, inquiétante dans sa concision :

Chère Agathe,

Je ne peux supporter la mort de Lucie à un moment où elle donnait la vie. Je ne peux vivre sans elle. Je n'existe plus en moi-même. Ne me prenez surtout pas pour un père indigne. J'aime de tout mon cœur la petite Émilienne que j'ai tenue dans mes bras. Je vous la confie. Vous lui direz

195

*que je l'aime, quand elle sera en âge de comprendre. Je
m'en vais sur les chemins de nulle part. Ne cherchez surtout
pas à me retrouver.*

Je vous embrasse,
Jean-Luc

N'ayant pas de ses nouvelles, Agathe avait jugé bon —
craignant qu'il se suicide — de prévenir la police de son absence
prolongée après un événement qui d'ordinaire retient un père
près de son nouveau-né. La police, après avoir pris toutes les
coordonnées du disparu, avait promis de s'occuper de l'affaire,
ce qui avait, pour l'instant du moins, rassuré Agathe, sans
toutefois lui enlever ses craintes et le scénario du pire.

*

Quant à Jean-Luc, il s'était donné refuge dans un petit
village, à faible population, à la lisière d'une forêt touffue,
presque impénétrable. Il avait loué un petit appartement qui
donnait sur la place centrale ; un lieu passant pour l'endroit où
se trouvaient l'église, la pharmacie, le bureau de poste, ainsi
qu'un bar que fréquentaient bien des hommes, très tôt le matin
et jusqu'à la tombée de la nuit. Bref un lieu privilégié pour
repérer ceux qui n'étaient pas du bourg. Jean-Luc, à cet égard,
ne pouvait guère passer inaperçu. Bien vite, la nouvelle de sa
présence était sur toutes les lèvres. Bien des femmes
entrouvraient leurs persiennes pour mieux l'examiner de la tête
aux pieds. Elles se réunissaient par petits groupes, selon leurs
cercles de connaissances, pour échanger leurs impressions
relatives à cet « énigmatique » personnage. On disait de lui
qu'il était un espion de la police, ou peut-être un truand qui
voulait se faire oublier, et bien d'autres expressions du genre.
Une litanie du bouche-à-oreille qui redonnait vie à un village
engourdi. Étant peu bavard, on trouvait à cet étranger un air
plus qu'étrange, d'autant qu'il s'était procuré un chien — un
beagle — qui fouillait partout et auquel il avait donné un drôle

de nom, Ulysse. C'était pour lui un secret qui lui tenait à cœur, pour rendre encore vivante celle qu'il aimait et dont il n'acceptait pas la mort. Un deuil difficile qui lui donnait mal au ventre et l'empêchait de dormir. Ce chien lui servait de compagnon et, dans son désespoir, de limier sur la trace invisible de la disparue. Contre toute évidence, il s'imaginait qu'un tel miracle était encore possible. Certes, les gens ne pouvaient que s'étonner du nom qu'il avait donné à son chien. Ce nom, il le devait à l'épopée d'Homère où Ulysse — ce grand guerrier, ce héros aux multiples épreuves — n'avait en tête, après vingt ans de guerre, que le pressant besoin de retrouver sa tendre épouse Pénélope, l'amour de sa vie.

Il s'imaginait, dans un monde second proche de la déraison, qu'à parcourir la forêt de broussailles et de ronces, son chien — à flairer les moindres recoins — finirait par lui indiquer les traces de Lucie. Tous les jours, à des heures différentes et en changeant de direction, il reprenait de telles promenades, à la façon d'un rituel où la vie outrepasse les frontières de l'ombre et de la mort.

*

Quelques audacieux du village avaient décidé de le suivre de loin dans la forêt dans le but de percer son mystère et d'en faire état aux autres sur des bases solides. Ils l'avaient entendu crier à son chien, à chaque tournant « Cherche ! Cherche ! » Mais Ulysse, occupé à ses propres affaires, négligeait à sa façon les ordres qui lui étaient donnés. Selon les habitudes de sa race, il se délectait des odeurs laissées par le passage d'animaux de toute sorte — une symphonie de senteurs dont il se régalait. La conclusion de ceux qui l'avaient espionné était faite. Ce promeneur de chien avait un cerveau déréglé. Un tel verdict confirmait les soupçons de plus d'un. Rares étaient ceux qui se risquaient à le plaindre.

*

L'état mental de Jean-Luc s'était de beaucoup détérioré. Une dépression qui ne présageait rien de bon, à un moment de sa vie où il n'était pas en mesure de régler lui-même ses problèmes. Au lieu de chercher à consulter un médecin et comme pour se débarrasser de lui-même, il avait pris la décision de noyer son malheur dans l'alcool. Dès son ouverture, il était le premier client du bar. Assis sur le tabouret près du comptoir, il avalait autant de verres d'eau-de-vie qu'il lui fallait pour endormir sa pensée. Il s'en allait alors, dans une démarche chancelante, et se jetait sur son lit, à défaut de se laisser tomber dans un puits profond. Une fois réveillé, il reprenait le chemin du bar. Une telle fréquence ne passait pas inaperçue, et eut très vite pour effet, à la grande satisfaction du propriétaire, de lui attirer un grand nombre de clients. Un rendez-vous à ne surtout pas manquer, qui donnait l'occasion à beaucoup d'entre eux de fouiller à loisir dans ce qu'ils appelaient son mystère. Jusqu'au jour où sortant du bar, il s'était écroulé en plein centre de la place, victime d'un delirium tremens.

L'ambulance que la police avait appelée de toute urgence l'avait alors conduit au centre hospitalier le plus près, à une soixantaine de kilomètres du village. Jamais Jean-Luc ne devait revenir au village. On lui avait reconnu une démence précoce et confié à un hôpital psychiatrique d'où il ne sortira jamais. Son chien Ulysse fut confié à une institution canine et mis en adoption.

C'est dans de telles circonstances que la grand-mère d'Émilienne avait été prévenue par la police de l'endroit où il était. C'est dès ce moment qu'elle s'était mise à écrire, tel un legs du passé, l'histoire complète de son père.

*

Cette histoire lui avait été remise par le notaire une semaine après le décès de sa grand-mère. À en prendre connaissance, elle avait compris que la vie de son père après le décès de sa mère n'avait somme toute été, pour lui comme pour elle, qu'une non-existence. Bien que sachant où il se trouvait, elle n'avait guère cherché à le rencontrer, car une telle rencontre ne pouvait être que celle du vide. Elle retenait seulement qu'il avait été si amoureux de sa mère qu'il ne pouvait lui survivre et qu'à attendre sa propre disparition, il s'était réfugié dans la folie ; une folie qu'il avait choisie pour se défaire de sa propre vie. Elle avait, pour sa part, conscience qu'elle avait été l'enfant du vide ; un vide difficile à combler — comme si elle n'était née de rien.

*

Les nuits lui étaient devenues plus importantes que le jour, car trompant la réalité elles lui donnaient l'occasion de rêver. Ce recours aux rêves dont elle avait le secret lui était devenu une seconde nature qui la plongeait dans un monde à part qui n'était en rien le calque de la réalité et des événements quotidiens. C'était comme si elle fermait une porte pour en ouvrir une autre. Un soir où elle avait fermé ses paupières sur le jour, elle avait retrouvé dans les archives de ses rêves ce moment où, alors qu'elle était entièrement femme, elle avait rencontré sur la plage le bel Alexis dont la présence avait réveillé tous ses sens. Elle se rappelait la tension exquise de sa chair et le plein consentement de son esprit. Un instant privilégié dans ce bosquet reculé où seule une vieille dame avait été le témoin admiratif de leur étreinte, de leur frémissement et de leur baiser. Un moment unique que le temps avait depuis longtemps effacé, même dans les plus clandestins de ses rêves.

*

L'histoire de sa famille demeurait en apparence une histoire ressemblante à bien d'autres, mais dont les épreuves particulières avaient mêlé l'espoir à des souffrances plus qu'éprouvantes. Une histoire que venait compliquer — tels les maillons d'une chaîne — une multitude d'autres qui rendait confuse et ténébreuse sa quête du sens. Il lui fallait trancher entre deux vies parallèles. Une vie, en tout point humaine, qui ne se distinguait pas des autres et une vie intérieure, hors du commun, qui lui était propre et que lui faisait vivre ses rêves. Deux mondes entre lesquels il lui fallait choisir. Elle s'était accordé un temps de recul et de recueillement ; une sorte de désert intérieur où elle n'écouterait qu'elle-même.

*

Cela n'avait rien de ressemblant à une démarche ésotérique ou d'une crise mystique et ascétique qui l'éloignerait du plaisir de vivre et ferait d'elle un corps et une âme desséchés. On aurait dit qu'elle cherchait à donner à sa vie des ressources durables qui n'enlèveraient rien à ses options et à sa liberté. Parmi les livres que sa grand-mère lui avait laissés, elle en avait parcouru deux. Un sur l'éthique, la pensée morale et les valeurs ; le second n'était rien d'autre que cette bible protestante que dans un esprit de révolte contre les excès du catholicisme elle s'était procurée. Il était plein de signets et de notes concernant le Nouveau Testament.

Ce livre, elle l'avait lu avec la plus grande attention dans l'espoir d'y trouver ce qui faisait écho à ses aspirations, à ses exigences et à sa singularité. Elle avait décidé de s'en servir pour s'en faire une idée et s'en inspirer.

*

Elle avait eu besoin de plusieurs années avant de trouver entre mille chemins celui qui lui convenait. Elle avait, au fil de ses lectures, approfondi l'histoire d'un homme dont l'humanité était si riche, si belle et si puissante et qui de surcroît avait fait de l'amour la première et la suprême vérité qu'elle lui attribuait d'emblée des attributs qui, dans son

200

esprit, son âme et son cœur, faisaient de lui *son* Dieu. À cet homme au passé lointain que l'on disait crucifié sur le mont Golgotha et puis ressuscité, elle avait décidé de lui confier à jamais sa vie dans un attachement passionné qui faisait d'elle l'exemple type de *la femme idolâtre*. Elle n'avait plus besoin du chaînon et de l'obscurité de ses rêves multiples pour se créer une histoire personnelle. Il lui semblait avoir trouvé ce à quoi elle aspirait. Une vie oblative au service de cet homme nommé Jésus...

*

Ce matin-là, pendant que, couchée devant le maître-autel et vêtue d'une aube blanche et les bras en croix, elle prononçait ses vœux, les moniales bénédictines, au bruit du claquoir, s'étaient mises debout au fond de leurs stalles. Elles avaient ouvert leur antiphonaire et entonné, une fois les vœux d'Émilienne prononcés, le *« Magnificat anima mea Dominum »* — « mon âme exalte le Seigneur ».